かずは Kazuha

illustration

亜尾あ

TOブック

Cho donkan mob ni heroine ga koryaku sarete, otome game ga hajimarimasen.

volume Two. 2

超鈍感モブにヒロインが攻略されて、乙女ゲームが始まりません

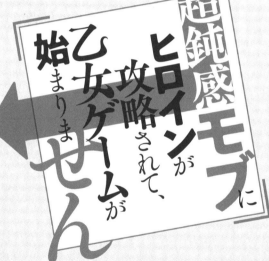

人物紹介 character

桜宮桃

ヒロイン。大好きな乙女ゲームのヒロインに転生した。最初はそれゆえ暴走したが、篠山に指摘され反省し、彼に恋した。序盤の攻略対象者へのアプローチと主人公の鈍感のおかげで全く気持ちに気付いて貰えない。

篠山正彦

主人公。乙女ゲームの世界のモブに転生した。幼少期に前世を思い出し、攻略対象の幼なじみになる。コミュ力はかなり高く、無意識に次々と攻略対象者達の悩みを解消し、乙女ゲームのシナリオをぶっ壊している。

黄原智之

攻略対象者。見た目はいかにもなチャラ男だが、実は人見知り。入学早々に主人公と友達になり、主人公のフォローもあって周りの男子とようやく打ち解けた。

赤羽貴成

攻略対象者。主人公の幼なじみで親友。万能でイケメンな有名グループの御曹司。小さい頃から女にモテ、嫌がらせ一歩手前のアプローチを受けたり、幼なじみである主人公を蔑ろにされたりした結果かなり女嫌い。

黒瀬啓

攻略対象者。複雑な家庭の事情から、不良になる。桜宮の言葉が切欠で、主人公の友人になる。桜宮の篠山への恋心を気付かせる切欠になった。

白崎優斗

攻略対象者。病弱でよく学校を休んでおり、周りから少し遠巻きにされていた。昔のトラウマに固執していたが、主人公と友人になり解消されたため、楽しく学園生活を送っている。

紫田洋介

攻略対象者。主人公達のクラスの副担任。自分を嫌っている同僚に嵌められかけるが、主人公に助けられる。

茜坂薫

保健室の先生。美人で優しく、フレンドリーな先生として親しまれているが、かなり猫を被っている。学園の情報通。

暁峰夕美

黄原ルートのライバルキャラ。黄原の幼なじみで唯一親しい女子。黄原が高校デビューする切欠になった。

香具山詩野

白崎ルートのライバルキャラ。ゲームではキツい毒舌キャラとして嫌われていたが、実は筋が通っていて思いやりがある。

染谷凛

黒瀬ルートのライバルキャラ。風紀委員を務めている。家で色々ありそうで荒んでいた黒瀬を心配し、構っていた。

もくじ contents

プロローグ……006
理由が全然分かりません……012
最初からマイナススタートです ～桜宮視点～……020
反省だけじゃ進めません ～桜宮視点～……029
前に進んでみましょうか ～桜宮視点～……036
ちょっとひどいと思います……047
怖い事実を知りました……057
苦手な人はいるものです……070
女子との接し方には気をつけましょう……080
片想い仲間を手にいれました ～桜宮視点～……089
マドレーヌは美味しいです……097
幼なじみは結構めんどい……107
もうちょっとしっかりしてほしいです……116
不穏な気配です……128
何だかちょっと懐かしい気分になりました……136
責任感が強いのは良いことだとはかぎりません……142

とりあえず友情が芽生えたのはいいことです …… 147
ヒロインの味方です …… 161
赤のライバルキャラ（一） …… 170
赤のライバルキャラ（二） …… 181
青のライバルキャラ …… 194
黒の攻略対象者 …… 208
黄のライバルキャラ（一） …… 222
黄のライバルキャラ（二） …… 230
白の攻略対象者 …… 238
バレンタインの悲劇の話 ～黄原視点～ …… 248
書き下ろし番外編 ホワイトデーの話 …… 257
あとがき …… 270
巻末おまけ コミカライズ第一話 …… 272

illust：亜尾あぐ
design：Catany design

プロローグ

後夜祭が終わり、色々とあった学園祭もこれで終わった。

その余韻が残る中、ふらふらと家に帰った。自分の部屋に入るなり、ベッドの上に崩れ落ちて、クッションを抱え込む。

多分、素敵な後夜祭だったと思う。校庭でのキャンプファイヤーも、有志によるちょっとした発表も、全部非日常でお祭りみたいで。なのに、多分としか言えないのは、昨日から頭がふわふわしているからだろう。

昨日のことと、連鎖的に今日の体育祭で活躍していた彼の姿も思い出し、思わず悶える。声が出ないように抱えたクッションに顔を押しつけた。

何というか、むず痒い気持ちでいっぱいだ。

……〝前〟の時も高校生だったのに、こんな気持ちになったことはなかった。

乙女ゲームをやって悶えることはいっぱいあったのに、現実ではさっぱりだったから。

そう、前世で大好きだった乙女ゲーム。私はその世界で、ヒロインの立場にいる。

だと言うのに、私がこんな気持ちになっている原因は、攻略対象者ではない。

……篠山君。攻略対象者である赤羽君の幼なじみで、ぱっと見地味な普通の男の子。

ここが本当にゲームだったなら、多分モブであろう男の子だ。

なのに、本人の性格は全くモブではなかった。

だって、そもそも設定にはなかった赤羽君の幼なじみで、乙女ゲームの舞台である学園入学時点で既に赤羽君ルートでの悩みはほぼ解決済みとか何それな状態だったし。

おまけに度を超えたお人好しで、他の攻略対象者達の悩みにも首を突っ込んで、解決して、友達になって。

乙女ゲームが始まる前から、シナリオ崩壊待ったなし状態だった。

もし私がヒロインとしての立場に固執していたら、彼と敵対していたのかもしれない。

そもそも逆ハーレムなんて狙ってたのもあって、最初は警戒してたし、ちょっとだけ気にくわなかった。

だって、前世、病気になって、家族も友達も皆悲しませて、自分も怖くて怯えて死んでしまった私は、どうせなら皆が幸せになって欲しかった。ゲームならではの皆が幸せご都合主義なハッピーエンド、現実感ないようなそれだけど、出来るならそれが良いと思った。

そう思って色々とやってみたんだけど……正直な話、私がヒロインとか非現実なこともあって、かなり調子に乗ってたし、ゲームのシナリオばっかり見て周りが見えていなかった。

だけど、篠山君はそんな私に真っ向から、間違ってると言ってくれた。

気付かせてくれた。

……きっと、気になりだしたのはその時で。

それからは、見る度、彼の良い所ばっかり探して、見つけて。

篠山君が凛ちゃんと仲良くなった時はもやもやして。

自分でも気付かないうちにどんどん好きになっていって。

だから、あの時、私のことを不良から格好良く助けてくれて。

緊張が解けて泣いてしまった私を、おろおろしながら不器用に慰めてくれて。

……迷いながらも、ゲームで起きた事件を何とかしたいって思った私の行動に、キラキラした笑顔でお礼を言ってくれた。

あの瞬間に、気付いた恋だけど。きっと、あれがなくても、そのうちに気付いていただろう。

いつの間にか、篠山君がそれくらい大好きな人になっていた。

なんて思った瞬間、また悶える。

気になる人、……好きな人。よく聞くフレーズなのに、自分のことだと思うとどうしてもむず痒くて、恥ずかしい。

鏡なんて見てないけど、顔が熱くなっていく感覚で分かる。きっと、私は今、びっくりするくらい真っ赤な顔だろう。

お気に入りのクッションを形が崩れるほどに抱きしめて、足をじたばたさせていると、部屋のドアがノックされた。

特に何をしていたという訳ではないけど、ビクッと肩が跳ね上がる。

「桃、帰ってくるなり、部屋籠もってどうしたのよ。今日、体育祭だったんでしょ。疲れてるだろうけど、寝る前にお風呂だけでも入っちゃいなさい」

「あ、うん、分かった！」

お母さんの言葉に、さっきまでの思考を必死に追い出して、立ち上がる。

パタパタと扇いで、顔の赤みを少しマシにしてから、部屋から出ると、お母さんが私を見て、あらと呟いた。

「やっぱり、疲れたのね。いつも綺麗にしてる髪もバサバサじゃない。明日、休みなんだから、ゆっくりしなさいね」

その言葉に、自分の髪を見下ろす。

確かに、いつも気にしている髪は、普段と違って、乱れて、変な癖が付いている部分もあった。

体育祭に、後夜祭で一日中外にいたし、今日は風も強かった。

小まめにブラシでとくようにはしてたけど、やっぱりいつものようにはいかないなあと思ったところで。

後夜祭で篠山君に話しかけられたのを思い出した。

一気にさあと血の気が下がる。

え、嘘。このバサバサの髪で、篠山君の前に出たの？

で、でも、夜になってたからあんまり見えなかったかも……いや、キャンプファイヤーのすぐ近く。

見えた、見えたよ、篠山君の顔。昨日のこととか、今日の体育祭格好良かったなとかがあって、いつもよりも恥ずかしくて。

だけど、格好良いなあって、普通に正面に立つことは出来なかったけど、凜ちゃんや詩野ちゃんの後ろから、チラチラ見ていた。

ふとあることに気付いて、更に青ざめる。

私、篠山君が話しかけてくれたのに、ちゃんと返事出来てない……？

何だかキャパオーバー寸前になって、頭回ってなかったけど、失礼すぎる！

「ちょっと、桃！　大丈夫なの？　顔色悪いわよ！」

「だ、大丈夫！　お風呂、入ってくるね！」

心配してくれるお母さんには悪いけど、構っている余裕はない。

お風呂場に逃げ込んで、顔を覆う。

昨日まではちゃんと普通に話せていた。

なのに、気持ちに気付いた途端、これとか本当に笑えなさすぎる。

休みが明けたら、失礼な態度になっちゃったこと謝って、それから……。

篠山君の顔を思い出して、また顔がぼふっと音がしそうな程に真っ赤になるのを感じる。

全然落ち着かない、想像するだけで、またさっきの恥ずかしくて、むず痒い感覚が蘇ってきてしまった。

熱い顔に手を当てて、冷ましながら、落ち着くことに努める。

きっと、休み明けにはちょっとは落ち着いて、普通に戻れるはず……。

今の状態では、自分でも説得力がないことを心の中で必死に唱えて、いつものお風呂の準備に取りかかっていった。

理由が全然分かりません

学園祭の片付けも終わり、学校生活はすっかり日常に戻った。

変わったことといえば、黒瀬《くろせ》との関係だろうか。

廊下とかで会った時とかに、よくしゃべるようになった。

未だに友達とか言っても、冷たい目で見られてしまうが、会話には素っ気ない感じながらもちゃんと付き合ってくれる。

話の流れで軽い喧嘩《けんか》っぽく手がでることもあるが、お互いに加減しまくりだし、ちょっと空手の技の練習にもなって楽しかったりする。貴成《たかなり》とかにはちょっと呆れられてるが。

染谷《そめたに》からの話によると、最近はちょっと素直になって、ちゃんと授業とかにでる回数も増えたらしい。

なんと言うか、ひねてるけど良いヤツな所がツンデレっぽくて面白く、よく染谷と一緒に笑っていたりする。

まあ、それは良いのだが、一つ気になっていることがあったりする。

朝、教室に入り、自分の机に向かった。

席替えは学園祭の色々なことが落ち着いたらやると言っていたので、まだ、一学期のままの席だ。

教科書とかの整理をしていると、隣の席に人の気配を感じて顔をあげた。

「はよー、桜宮《さくらみや》」

なんてことない普通の挨拶。

一学期の時から全然変わっていないだろうそれに、何故か桜宮の動きが止まった。

何故か中途半端に手をあげたまま固まりつつ、

「あ、……えっと、その」

と小さな声で言っては口ごもっている。

どうしたんだろうと、桜宮の顔を見つつ、次の言葉を待っていると、桜宮の顔が次第に赤くなってきた。

思わず、顔を覗き込もうと立ちあがりつつ、口を開く。

「……おい、桜宮、大丈夫か？　顔色、変……」

「だ、大丈夫！　お、おはようございます……」

更に真赤になった桜宮は慌てて体調不良を否定した後、消え入りそうな挨拶を告げて、カバンを机の上に置き、クラスの女子の方へすっ飛んで行った。

どうしたらいいのか分からないまま取り残され、取り敢えず、席に座り直す。

「……なんかしたっけ、俺」

何故か学園祭が終わってから、桜宮があんな感じなのである。

前、白崎《しろさき》のことで桜宮に話をした時も無視をされたが、あの時とは様子が全然違うし、そもそも理由が分からない。

最後にまともに喋ったのは、お礼を言った時だったが、あの時は普通だったような気がするんだが。

あの時になんか失礼なことを言っちゃったりしてたのか、ひょっとして……。

「正彦《まさひこ》、帰ってこい」

その言葉と共に頭を軽く叩かれ、上を向く。

見ると、貴成が呆れた顔で立っていた。白崎と黄原《きはら》も同様である。

あー、うん、またやっちゃったか。

「悪い。はよー」

「はい、おはようございます」

「うん、おっはよー！　いくら声を掛けても気付かないからどうしたのかと思ったよ。今度は何で考え込んでるの？」

「あー、うん。ちょっと、な」

取り敢えず誤魔化そうとすると、白崎が悪戯っぽく笑って、口を開いた。

「ひょっとして、桜宮さんのことですか？」

何で分かったのかと一瞬驚くが、隣の席なのである。

桜宮の態度なんて、何度も見る機会があっただろう。

「……そうなんだよ。なんか、最近、俺に対する態度変だろ？　なんか嫌われるようなことしちゃったかな、と思ってさ」

そう言うと黄原が、えー！　と文句ありげに言った。

「いや、あれは違うでしょ。全然、嫌ってないって。むしろ、……」

「黄原、他人が口出して良いことじゃないですよ」

黄原が何か言いかけたが、白崎が穏やかに遮ってたしなめる。

「あ、そうだよね。ごめん」

黄原も反省したように、すぐに謝罪するが、……正直、何の話かさっぱり分からない。

「おい、何の話？」

そう尋ねると、白崎と黄原が顔を見合わせて苦笑した。

「……まあ、自分で分かってとしか」

「ですねえ。でも、まあ、見てれば分かると思いますよ。桜宮さん、前とは全然違いますし」

「だよねー。最近、すごく分かりやすいもんね。赤っちもそう思わない？」

二人揃って、俺にはさっぱり分からない話をしていたが、黄原が貴成に話を振った。

え、ひょっとして、分かって無いの俺だけなの？、と思った時。

「……さあ。何の話だ？」

貴成が訝《いぶか》しげにそう言った。

「ええっ！　赤っちも気付かないの？　桜ちゃん見てれば分かるじゃん！」

黄原が驚いたような顔で言い募る。

貴成は、ため息をついて、口を開いた。

「知るか。俺はアイツに欠片も興味が無い」

その声は思いの外、冷たかった。

何か言おうと口を開いた時、ガラリとドアが開く音がした。

ドアの方を振り返ると、成瀬先生がにっこり笑って立っている。

「おはようございます。みなさん、席についてくださいね」

その声に立っていた人達が慌てて席に戻った。

HRの連絡を聞き流しながら、貴成のさっきの言葉を思い出す。

確かにアイツはものすごい女嫌いだし、桜宮は何回も話しかけに行っていたので好感度はかなり低いだろうとは思っていた。

だけど、さっきの声と言葉を見るに、割と本気で桜宮のことを嫌っていそうだった。

それにしても、そんな程度なら昔からよくいたので、あそこまで真剣に嫌っているのはちょっと不思議だ。

何でだろうなー、と思いつつ、貴成の桜宮に対する態度を思い出す。

……そう言えば、入学してすぐの時に、貴成が桜宮に対する態度を変えた時があったっけ。

なんか地雷踏んだのかなと思ったけど、ひょっとして、それか？

その時、チャイムが鳴った。

前もぼーっとしていて怒られたことがあるし、授業は真面目に聞いておきたい。

慌てて、教科書とかを取り出して、桜宮のことや貴成の態度とかを取り敢えず、思考から追い出した。


***

放課後、詩野《しの》ちゃん、夕美《ゆみ》ちゃん、凜《りん》ちゃん達をお茶に誘った。

学食の隅っこの席に座り、それぞれの注文が揃った時、凜ちゃんが口を開いた。

「で、どうしたの？」

その言葉にじわーっと、涙が浮かびそうになる。

「し、篠山《しのやま》君としゃべれないの……」

「え、何で？　篠山君、最近、忙しいとか無いよね。智《とも》、何も言ってなかったし」

夕美ちゃんが不思議そうに言う。

「そうじゃなくてね。なんか、やたらと緊張しちゃって、何にもしゃべれなくなっちゃうの」

「……今まで、普通にしゃべってなかった？」

「いや、だってね、気付いちゃったら格好良いんだよ！　いつも、明るく笑顔で挨拶してくれたり、急に顔近づけてきたりするし！　むしろ、自分が今までどうやってしゃべってたか聞きたいレベル……」

思わず言った言葉に、三人の目が生温い物になった。

自分が言った言葉が急に恥ずかしくなり俯《うつむ》く。

そんな私を横目で見ながら、三人は話を進めた。

「……まあ、すごい良いヤツだよね、篠山」

「だよね。前、白崎君が倒れた時とかも、すごく親身になって助けてくれたんだよ」

「そうよね。と言うか、多少挙動不審になっても、話しかければ返してくれると思うわよ。あの超絶コミュ障の智と友達になれたくらいだし」

その言葉にそろそろと顔をあげて口を開く。

「何しゃべって良いか分からないから、頭まっ白になっちゃうんだよ……」

「普通に好きなテレビ番組の話とか趣味の話とかで良いんじゃないのかな?」

そう言われて、篠山君の好きな物を思いだそうとするが、全く浮かばない。

いつも少し離れた所で見ていたから、私は、篠山君の好きな本や、趣味なんて全然分からないんだ。

「……篠山君が何を好きなのか、分かんない」

「じゃあ、聞いてみたらどうかな?」

「……唐突になっちゃうかなとか考えすぎて頭まっ白になっちゃって無理」

そう言うと、ちょっと考え込んだ凛ちゃんが口を開いた。

「……じゃあ、篠山の友達にそれとなく、趣味の話とか聞いて話題を考えてから話しかけて見れば？　多分、今よりは、ちょっとは話しやすくなるんじゃない?」

その提案に夕美ちゃんがなるほど、と呟いた。

「そう言えば、智も篠山がしゃべりやすい話題を振ってくれたおかげで、クラスメイトとしゃべれるようになったって言ってたわね。明確な話題があった方が今の桃《もも》には良いかも」

その言葉に、なるほどと思いつつも、篠山君を前にした時を思い出して、ちょっと怖じ気付く。

すると、詩野ちゃんがにっこり笑って口を開いた。

「桃ちゃんは、すごく可愛くて真っ直ぐな女の子なんだから、自信持ってやってみなきゃ。きっと、大丈夫だよ」

優しい言葉にうるっときそうになる。

ありがとう、と言おうと口を開こうとしたとき、

「それに、どうしたら良いのか分からないって何もしないよりは、きっとどうにかなると思うよ。しゃべれないって私達の前でウジウジしてるだけじゃ、何にもならないでしょ？　時間もったいないよ」

「ごめんなさい！」

現状をズバッと言いきる言葉にうっとなる。

話の前半と後半の差で思わずダメージを食らった。

詩野ちゃんの言葉に、夕美ちゃんは苦笑、凛ちゃんは爆笑している。

「まあ、詩野の言う通りね。まずは、やってみなきゃ」

「そうね。ちゃんと勇気出せば大丈夫よ」

そう言って二人も笑ってくれる。

「……うん、ありがとう」

心からお礼を言って、私もにっこり笑った。

取り敢えず、皆の案を実行してみよう。

篠山君のことを一番知ってる人と考えて、すぐに浮かんだ人物に頷く。

「明日からさっそく頑張ってみるね！」

頑張れと言ってくれる声に励まされながら、注文してたジュースを口に運んだ。

最初からマイナススタートです　～桜宮視点～

詩野ちゃん達に相談した次の日。

朝、教室に来て、目的の人物が来ているか確認する。

いつも篠山君と一緒に早目に来ているので、多分もう来てるかなと思うんだけど……、いた。

そして、篠山君は他のクラスの男子に呼ばれ、教室を出て行った。チャンスである。

よし、と気合を入れる。善は急げだ。

最近はあまり話しかけることは無くなっていたけど、一学期とかはよく話しかけまくってしまったから慣れている。

鞄を置いてすぐに彼の席に向かい、話しかけた。

「おはようございます。赤羽君《あかばくん》」

なるべくにこやかに挨拶するが、チラリともこちらを見ないでガン無視だ。

……うん、いつも通りの反応だなぁ。ゲームでも初期はずっとこんな感じなんだよね。最近は無理に話しかけることも無くなってたし、なんかちょっと懐かしい。

前はこんなものだろうとあまり気にしてなかった。だけど、今日はちゃんと会話を成立させて、篠山君のことを聞きたいのだ。

気合を入れ直して、再び口を開く。

「最近、ちょっと涼しくなってきたよね」

「…………」

「暑いの嫌いなので嬉しいんだよね。赤羽君は夏と冬のどっちが好き？」

「…………」

いきなり言い出すのは変かなと世間話を振ってみるがやはり無視である。

それでも必死に話をつなぐ。

「し、篠山君は暑い、暑いってよく文句言ってたから、冬の方が好きそうだよね」

そう言うと、ピクリと赤羽君が動いて、こちらを見る。

反応を返してくれたと嬉しくなって、更に踏み込んだ。

「篠山君の趣味とかって何かなぁ？」

「はあ？」

ようやく返ってきた返事の声のあまりの低さにビクッとする。

恐る恐る赤羽君の顔を見上げると、本気で苛立った顔でこちらを睨んでいた。

「何でお前にそんなことを教えなくちゃいけないんだ？」

低くて冷たい声は明らかに私のことを拒絶していた。

固まってしまった私を見て、赤羽君は視線を逸らし、いつも通りに戻る。

成瀬《なるせ》先生が入って来て、ＨＲの開始を告げたところで、ようやく動き出して自分の席に戻った。

授業が始まり、教科書やノートを開くけど、さっぱり内容が頭に入ってこない。

入学式の時、赤羽君が新入生代表の挨拶をしているのを見て、前世の記憶を思い出した。

そして、思い出した記憶の乙女ゲームの世界に、そして、私がヒロインだという事実に浮かれまくった。

それで、一番好きだった攻略対象である赤羽君に話しかけまくった。

篠山君に言われて、冷静になった今では迷惑だっただろうなと思うし、そもそも女嫌いの赤羽君が私のことを苦手に思うのは当然だと思っていた。

だから、篠山君のことを赤羽君に聞いてみることで、ちょっとでも関係の改善を図れないかなと思っていたのだ。

……だけど。

さっきの冷たい声を、心底苛立った顔を思い出す。

私は赤羽君にあそこまで嫌われていたのか。

その日の放課後、ＨＲが終わったすぐ後に赤羽君を追いかけた。

赤羽君は掃除当番だから、篠山君達とは別行動だ。

人気がなくなったところで、赤羽君を呼び止めた。

「あのっ！　赤羽君！」

赤羽君は振り向かないがちょっと歩調を緩めたのを見て、必死に続ける。

きっと、前の私の行動のせいで不愉快な思いをしていたのだ。しっかり謝らなくちゃいけない。

「前に、嫌がってたのに散々話しかけてて、本当にごめんなさい！　これからは気をつけるから、……その、普通にクラスメイトとして接しますので……」

「……違う」

しどろもどろになりつつも、必死に謝罪の言葉を繋げていたが、冷たい声で遮られた。

思わず、ビクッとするがその言葉に少し驚く。違うってどういうことだろう。

「……えっと、違うって？」

思わず尋ねると更に不愉快そうに眉をひそめられた。

「俺がお前を嫌っている理由はそれじゃない」

「……え」

どういうことか分からずに混乱する私に、赤羽君はため息をついてから口を開いた。

「『篠山君なんか』だっけか？」

「……え」

「お前が入学してすぐの時に俺に言った言葉だ。確かに、お前が俺に馴れ馴れしく話しかけてくるのにも苛ついていた。だけどな、会ってすぐのヤツの表面だけを見て、人の親友に対してそんな失礼なことを言うヤツには心底腹が立つし、そんなヤツと関わりたいなんて欠片も思わないんだ。……もし、正彦を通じて俺に取り入ろうとしているなら、本当に不愉快だ。今すぐ止めろ」

そう言うと赤羽君は私には目もくれずに立ち去って行った。

ようやく頭が動き出す。

「……何、それ？」

私、そんなこと言ったの？

入学式くらいの時、私は確か……。


入学式の時、私ははしゃいでいた。

小さい時に学園祭に連れて来てもらってから、お洒落な制服とテレビの中みたいな豪華な校舎のずっと憧れていた学園に入学できたのだ。

学費は高いし、入試はとても難しいことで親にはしぶられたけど、ずっと昔から行きたいと言い続けたのと、受験勉強を必死に頑張ったので許してもらえた。

辛い受験勉強を乗り越えたこともあって、尚更色んな物が輝いて見える。

……それに、ここの制服や校舎は豪華で素敵とかお洒落ってだけじゃなくて、なんとなく懐かしい感じがするのだ。

何でなんだろう、でもまあきっと気のせいだよねなんてことを考えながら、ぼーっと入学式の話を聞き流していると、周りがざわついた。

何だろうと顔を上げ、壇上に上がった生徒の顔を見て息を呑んだ。

一見、すごく優しそうで整った王子様みたいな顔立ち、だけど、どこか不機嫌そうな表情のせいで近よりがたい雰囲気を持っている。

どう考えても初めて見るすごく綺麗な男の子。面識なんてあるはずがない。

だけど、ざわつく会場を意にも介さず、つまらなさそうに原稿を読み上げるその姿や、声を私は知ってる、見たことがある……！

その瞬間に色んな記憶がよみがえり、私はこの世界が前世で大好きだった乙女ゲームの世界だと理解した。

その後は思い出した記憶に呆然としている内に入学式が終わっていた。

教室に戻る時にようやく我に帰る。

それにしても、まさかあのゲームの世界なんて……！

シンプルなストーリーだったけど、スチルや声、キャラが良くて大好きだった乙女ゲーム。

……〝前〟の私が最後に過ごした病院でも、ちょっとでも明るくしていようと思って、何回もプレーした。いや、そんな暗くなりそうなことを考えるのは止めよう。

それよりも大事なことがある。

私の名前、〝桜宮　桃〟ってヒロインのデフォルトネームと一緒だよね。しかも、私の外見もパッケージのヒロインのイラストとそっくりだ。

つまり、私がヒロインってことだよね！

だったら、私はあの大好きだった乙女ゲームの攻略対象者と恋愛ができるんだ。

うわー、どうしよう。やっぱり、ルートは逆ハールートかな。

このゲームの逆ハールートはそこまで露骨な感じじゃなかったと思うから、多分、現実でも大丈夫だろう。それに皆幸せな方が絶対良いし。

ゲームの始まりは二年生の時だったと思うけど、今はまだ一年生。しかも、攻略対象者の中で四人も関わることができる。

よっし、今から頑張って攻略を進めちゃおう！

そんな感じで攻略対象者達と関わり始めて数日。

順調に接触は出来ていたけど、私はあることが気になりだした。

「……何で赤羽君に幼なじみなんているの？」

乙女ゲームでは孤高の天才生徒会長だった赤羽君にはあんな風に仲が良い幼なじみがいるなんて設定はなかった。

しかも、イベントで解消するべき赤羽君の悩みのいくつかをあの幼なじみが普通に解消させちゃってるっぽいし。

……隠しキャラとかでは絶対ないよな。

あの幼なじみの男の子は見るからに地味な見た目で、攻略対象者ではない。どう見てもモブキャラだろう。

この数日の言動を見ても、実は複雑な事情が、とかも無く、一般家庭の普通の男の子だし。

どういうことなんだろう、私と同じ転生者？　赤羽君も何か知ってたりするの？　そもそもあんな普通な男の子が超お金持ちで完璧超人な赤羽君の友達とか何で？

気になって、気になって、いつも通り話しかけに行った時に赤羽君に尋ねたのだ。

「どうして篠山君なんかと仲が良いの？」

と。


思い出した瞬間、思わず頭を抱えた。

「……何で忘れてたの、私」

呟いた声は涙声だ。

これは無い。どう考えても最悪だ。

赤羽君が怒るのも当然だろう。

会ったばかりの人に小さい頃からの親友をそんな風に言われたら、私だって怒る。

しかも、その後、女嫌いなの分かってたのに話しかけ続けたのだ。

好感度低いどころじゃないだろう。どう考えても、嫌いなヤツ、不愉快なヤツ、……ひょっとしたら顔も見たくないヤツだ。

「何で私、そんなこと言ったの……」

思わず呟いたけど、答えは分かってる。

ここが乙女ゲームの世界で、そして、私がヒロインということがわかった私は、はしゃいで、調子に乗って、色んな物を見落とした。深く考えられなかった。

そして、ここは現実なのにゲームと混同しまくりの行動をした。

だから、あんな発言をして、赤羽君を怒らせてるのに、ゲームと同じ反応だとか言って、能天気に話しかけ続けた。

上辺だけを見て、篠山君に対してあんな失礼なことを言った。

攻略対象者達を完全にゲームと同じように見て、迷惑をかけた。

それでも、ずっと不思議で気になったから。

篠山君を観察して、けっこう色々すごい人なんだなって気付いて。

私の駄目な所を指摘されて、そのおかげで自分のことにも気付けて、詩野ちゃん達とも仲良くなれて。

色々と良い所に気付いていって、……篠山君を好きになった。

だけど。

さっきの赤羽君の、大好きな人の親友の冷たい目を思い出す。

完全完璧に私のせいだけど、私の恋は、上手く話せないどころじゃなくマイナススタートだ。

反省だけじゃ進めません　～桜宮視点～

「おーい、桜宮?」

篠山君にそう呼び掛けられて、ハッと我に返る。

隣を見ると、プリントを持った篠山君がちょっと困った顔でこっちを見ていた。

「あっちの方足りないみたいだから、余ったプリントまわしてもらっていい?」

その言葉に慌てて頷いて、プリントを篠山君から受け取った。

授業中なのに、ぼーっとしすぎだ。

プリントをまわした後、慌てて、ノートと板書の内容を見比べて確認する。

そこまで、板書の内容が増えていなかったので、そんなにも長くぼーっとしていた訳ではないらしい。

ホッとして、慌ててノートを取り出すが、つい、さっきまで考えていたことを思い出してしまう。

数日前、赤羽君言われてようやく気付いた、自分のどうしようもないような言動。

自覚無く篠山君を馬鹿にして、赤羽君に嫌われているという、ものすごく自業自得な話。

赤羽君に本当に悪いことをしたなと思う。それはそれは私のことがうざかっただろう。

それに……。

キーンコーンカーンコーン、とチャイムの音が響いて、ハッと我に返った。

慌てて前を見ると、板書はすごく進んでしまっている。

どうやら、またやってしまったらしい。

慌てて写し始めるが、途中まで写したところで、日直の子が、「もう良いかー？」、と言って消し始めてしまった。

席が後ろの方なので、咄嗟《とっさ》に待ってと言うことも出来ず、消えていく板書と書きかけのノートを見て、アタフタしていると、

「……見るか？」

ちょっと呆れたような声がかけられる。

顔を上げると、篠山君が苦笑いしながら、自分のノートをひらひらと振っていた。

一気に、頭が真っ白になって、言葉が出てこなくなる。

「……あ、えと……」

「一応、読めないような字じゃないと思うぞ」

そう言って、差し出されたノートを受け取って、慌てて口を開く。

「あ、ありがとう……」

「どーいたしまして」

ニカッと笑って、そう返してくれる篠山君に、顔が赤くなるのを感じた。

それを誤魔化すように、必死になってノートを写す。

篠山君のノートは綺麗にまとめられていて、流石は凛ちゃんが借りるだけあるなと思う。

ノートを写し終わり、隣の席に向き直って、ペコリと頭を下げた。

「ノート、本当にありがとう。助かりました」

「今日、なんかすごくぼーっとしてたもんな。次からは気をつけろよ」

からかうようなその言葉に、前は普通に言い返していたのに、今は何故か言葉が詰まってしまう。

何事かをもごもごと呟いた私に、篠山君が首を傾げた。

「……なあ、桜宮」

「あ、は、はい！　何でしょう⁉」

「俺、お前に何かした？」

固まってしまった私に、ちょっと申し訳なさそうにしながら、篠山君は口を開いた。

「いや、最近、なんか、俺に対して様子がおかしいし。もし、なんかやらかしちゃってたなら謝りたいんだけど。それか、なんか言いたいことあるなら、言ってくれてかまわないから」

……言いたいこと、かぁ。

思わず、浮かんだ言葉を慌てて、打ち消して、口を開く。

「ち、違うよ。篠山君は何にも悪くないの。えっと、むしろ、私の問題だから、気にさせちゃってごめんね」

そう言うと、納得いってなさげな顔ながらも、「あー、そう？」、と言って退いてくれた。

ホッと息を吐いたところでチャイムが鳴って、前に向き直る。

教科書を開き、ノートを取ろうと、シャーペンを握ったところで、さっき思い浮かんだ言葉を思い出してしまう。

言える訳、ないよなあ。

篠山君は、私のこと、どう思ってるの？　なんて。

今まで、色々と迷惑かけて、失礼な態度を取って、更に、彼の親友には思いきり嫌われている。

どう考えても、好きになってもらえる要素がない。

赤羽君にちゃんと話しかけて、自分のことを嫌っていると言われて、ショックだったのと同時に気付いたのだ。

篠山君のこと好きだって、自覚して、こんなにも話せなくなってしまったのは、意識しちゃって恥ずかしいのもあるけど、多分、怖いから。

篠山君は優しいから、普通に接してくれているけど、嫌われてるんじゃないかって、不安で、怖くて。

話しかけて、どう思われるのか、どう思われてたのか、知るのが怖くて、口ごもって、挙動不審になって。

でも、優しい篠山君にドキドキして、浮かれて、凹んで。

本当に、びっくりするほど、駄目駄目だ。

授業が終わって、篠山君が黄原君に呼ばれて席を立った。

黄原君と赤羽君と楽しそうに騒いでいるのをボンヤリと見ていると。

「お悩みですか？」

声をかけられて、びっくりする。

慌てて振り返ると、白崎君が穏やかに笑って後ろに立っていた。

「驚かせてしまってすみません」

「あ、ううん、大丈夫だけど。えっと、その」

「あ、いえ。最近、篠山が桜宮さんの様子がおかしいと悩んでまして。嫌われてるのかと心配していたんですけど、桜宮さんが篠山のことを嫌ってる訳ではないということは、見てれば分かったので。失礼ながら、最近はちょっと微笑ましく観察させてもらってたんですけど。ここ数日、前と違って、ずっと落ち込んでたのでどうしたのかな、と」

「う、えぇっと、あの……ええ⁉」

言外に私が篠山君のこと好きなの気付いてると言われて、思いきり動揺する。

白崎君はそんな私に、すみません、ともう一度謝って、口を開いた。

「でも、本当に、落ち込んでるようだったので心配だったんですよ。桜宮さんには、前から良くしてもらってますし」

その言葉に、前のことを思い出して、罪悪感で胸が痛む。

ゲームと混同して、体調があまり良くなくても、絶対に無理をしてしまうと分かっていながら、シナリオに沿った色んなことを言った。

私が彼の悩みを解決させてあげようなんて、びっくりするほどの上から目線で。

端から見たら、普通に話しかけていただけ。

だけど、本当は、すごく酷いことをしていた。

篠山君が気付かせてくれなかったらなんて想像するだけでぞっとする。

「……違うよ、むしろ、迷惑かけてただけだよ。体調悪いのに、わざと白崎君に気にさせるようなことを言って、無理させてた。そんな風に、赤羽君にも迷惑かけまくって、嫌われて。……篠山君にも、きっと……」

そこまで、言って、慌てて口を閉じた。

ウジウジ悩んでるだけの弱音。しかも自業自得。こんなこと言われても、白崎君には迷惑だろう。

慌てて、誤魔化そうとすると、

「違うと思いますよ」

白崎君が静かに言った。

「桜宮さんは前も謝ってくれましたが、普通に嬉しかったんですよ。僕は休みがちなので男子には遠巻きに腫れ物に触るようにされて、喋りかけてくれる女の子達の賑やかなおしゃべりもちょっと苦手で、中々クラスに馴染めなかったんです。でも、桜宮さんは、僕の好きな本の話を楽しそうに沢山してくれて、嬉しかったんですよ」

その言葉に何故か泣きそうになった。

ゲームのシナリオに沿った、ヒロインの言葉を沢山言った。だけど、好きな本の話とかは、普通に私の言葉だった。

「それに、篠山に関しては、彼、本当に何も気にしてないと思いますよ」

「……でも」

「基本的にびっくりするほど心が広いんですよ。ある程度は、まぁいいかで流しますし。……それに、もし本当に嫌ってたら、あんな風に接しませんし……」

芝崎先生に対する、あの雰囲気が本当に……、とちょっと遠くを見ながら呟く。

「……まあ、赤羽は、ちょっと、いえ、かなり強情な所がありますけど、すごく誠実な人なので、しっかりと謝れば許してもらえると思いますよ。それこそ、篠山を見習うって感じで」

「えっと、どういう……」

その言葉に不思議そうな顔をした私に、白崎がにっこり笑って口を開く。

「びっくりするくらい前向きで一生懸命なんですよ、篠山は。一緒にいると、励まされるんです」

そう言って笑う白崎君はどこか自慢気で、本当に大好きな友人なんだなと思った。

その時、チャイムが鳴った。

席を立っていた人達が慌てて席に戻り出す。

席に戻る白崎君に、慌ててお礼を言う。

「あのっ、相談に乗ってくれてありがとう！」

白崎君は振り返ると、ちょっといたずらっぽく笑って口を開いた。

「いえ、篠山と香具山《かぐやま》さんの真似をしてみただけですので」

馬鹿みたいに後ろ向きになって、後悔してばっかりいたけど。

白崎君に私がしてしまったことは悪いことばかりじゃないって、力になりたいって思った気持ちはちょっとは通じてたって言ってもらえたような気がした。

取り敢えず、と、息を吸って気合を入れる。

赤羽君にしっかり謝ろう。落ち込んでしまったけど、悪いのは私なんだから、キツい言葉なんて当然だ。

それで、もしちゃんと謝罪を受け入れて貰ったら、篠山君のことを聞いてみよう。だって、絶対に赤羽君は白崎君みたいに篠山君のこと大好きだろうから。

そして、まだまだ怖くて恥ずかしいけど、頑張ってちゃんと篠山君に話しかけてみよう。

詩野ちゃんの言ってた通り、怖がって、恥ずかしがってばっかりじゃ、進めない。

上手くやれないかもしれないけど、それでも、前向きに。

篠山君を見習って、頑張ってみようかな。

前に進んでみましょうか　～桜宮視点～

掃除当番も終わり、掃除用具をロッカーに片付けながら、今日も学校終わりだなと思い、思わずため息をついた。

「全然、上手くいかない…………」

赤羽君に謝ろう作戦、全く上手くいかないまま、本日も早くも放課後だ。

前向きに、取り敢えず、頑張ろうと決めたけど。

話しかけても、全くの無視。私の存在をシャットアウトしている。謝りの言葉は多分、耳に届いてもいない。

篠山君のことを口にすれば、反応があるけど、すごく睨《にら》まれるため、逆効果のような気がする。

おそらく、赤羽君に近づくために、篠山君を利用しようとする、最悪な女認定を受けているのだろう。

びっくりするくらい嫌われている。

何でこんな状態まで悪化させた？　過去の自分は本当に、何を考えて…………、いや、何も考えてなかったんだろうなぁ。

何かもうため息しか出ない。本当に自業自得だ。

でも、頑張らなくちゃいけない。

だって、赤羽君がここまで怒ってるのは、篠山君のことを大好きだからなのだから。

だから、ちゃんと認めてもらいたい。

……それに、この状況で篠山君にアプローチをかけようにも、赤羽君にここまで嫌われてて上手くいく未来が全く見えないし。

また、大きなため息をついて、掃除用具入れのドアを閉めた。

数日後、帰りのＨＲが終わり、篠山君や黄原君達が掃除当番や係で足早に教室を出ていく。

いつも、朝や休み時間に話しかけに行っていたが、チャンスだろう。

赤羽君の冷たい視線を思い出して、すくみそうになる足を必死に奮い立たせて、赤羽君の所に向かう。

「あの、赤羽君……」

「桜宮、ちょっと良いか？　外で話したいんだが」

話しかけたところ、本当に珍しく反応があった。

びっくりして、赤羽君の顔を見て、ビクッとした後、後悔した。

ずっと無視されてきたけど、反応してもらえて、本来なら嬉しいのかもしれない。

だけど、私に声をかけた赤羽君は思いきり目が据《す》わっていた。

……取り敢えずは話し合いからと、前みたいにしつこくしまくるのは避けながらも、何度も話しかけては、謝りに行っていたけど、やり方間違えたかもしれない。

そんなことを思いながら、逃げたくなるのを抑えて、必死に頷いた。


連れてこられたのは、広い学校のため、普段使われることのない教室だ。

教室がドアを閉めた赤羽君はこちらを振り返る。

目が据わっていて、ピリピリした雰囲気を纏った赤羽君は完全にキレていた。

「何のつもりだ？」

怒りを如実に伝えてくる声に思わず涙目になる。

必死に何か言おうとするけど、言葉に出来ない私には構わず、赤羽君は言葉を続けた。

「俺は前に言ったよな。お前のこと嫌ってるって。なのに、何度も話しかけにきて何のつもりだ」

……ああ、やり方失敗だったなあ。赤羽君がすごくすごくキレている。

そんなことを現実逃避的に考えながらも、必死に口を開く。

「ち、違うの。その、嫌な思いをさせてたことをちゃんと謝りたくて……」

「その上、正彦のことを何度も話すよな。前にも言ったが、もし、正彦を利用して俺に取り入ろうとしているなら、ふざけるなよ。正彦がそんな風にされて嫌な思いしないと思ってるのか。慣れてるし平気なんて本当なはずないだろ」

私の言葉には一切構わずにそう言った赤羽君は、何かを思い出すような顔をしていて、ひょっとしたら、前にも篠山君を利用して赤羽君に近付こうとした女の子達がいたのかなと思った。

きっと、篠山君は困ったように笑って流しちゃうから、赤羽君が本気で怒って。

そして、自分のせいで、親友にそんな思いをさせたことに、迷惑を掛けてしまうことに傷ついていたのかもしれない。

だけど、どうしよう。

ごめんなさいも、私は違うよも、全然届かない。

「もう、二度と話しかけてくるんじゃねえ」

そう言って、立ち去ろうとする赤羽君に、慌てる。

どうしよう。どうしたら伝わるの？

思ってること言わなくちゃ、何か、何か。

「…………仕方無いでしょ。本人に話しかけられないいんだから」

「は？」

思わず零れた言葉に、赤羽君が立ち止まった。

そのままの勢いで何を言ってるのかも分からないまままいい募る。

「好きだって自覚したら、恥ずかしくて、怖くて、話しかけられなくなっちゃったんだから仕方無いでしょう!!　だって、わかんないんだもん!!　攻略本もシナリオも何にも無くて、今までのこと思い出したら多分印象なんて最悪に近くて。でも、話しかけたくて、近くにいたくて！　だから、せめて好みとかそういう情報が欲しかったの！　篠山君の好みの私になったなら声かけられるもん。好きなもの知ってたらアプローチできるもん。ちょっとは自信もてるもん。そう思って、赤羽君に色々聞いて見たかったの。それだけだよ！　それと、前にまとわりついて、失礼なこと言って、嫌な思いさせてごめんなさい！　どう考えても私が悪いです、赤羽君が怒ってるのも当然だよ！　だけど、何度だって、謝るから、聞きにくるから、ちょっとは話聞いてよ、馬鹿！」

赤羽君が呆然とした顔で、口を開いた。

「お前、正彦のこと……」

「好きよ！　悪い!?」

そう叫び返して、ハッと我に返った。

ちょっと、待て。

え、私、今、何やった？

自分の今の言動を思い出す。

赤羽君に話を聞いてもらいたくて、何か言わなくちゃと思って。

今、思ってることを、完全完璧に逆ギレしながら叫びました。

状況把握をした瞬間、ドバッと汗が吹き出した。

さっきとは、違う意味で涙目だ。

待って、待って、待って。

謝らなきゃと思ってたのに、何この言い草。怒られて当然なのに、まさかの逆ギレ。

かつ、篠山君への気持ちの大暴露。

どうしよう。無い。これは無い！　最悪の上塗りすぎる。

赤羽君は呆気に取られたまま、固まってしまった。

重い。沈黙が重い。

時を戻す方法を教えてください、なんて、現実逃避していると、赤羽君がため息をついた。

ビクッとしながらも、次の言葉に身構える。

「……正彦の好みだが」

「へ？」

「可愛い系の良い子がいいなって言ってた。それと、ショートボブが好みらしい。趣味はバイクだ。金が無いから買えないがいつか絶対自分のバイクを！　ってよく騒いでる。そんで、ちょっとマイナーなバイク雑誌もよく買ってるな。あと、体を動かすのが好きで高校に入るまで、空手もやっていた」

ポカンとしながら、赤羽君の顔を見上げると、ため息と共に口を開いた。

「……聞きたかったの、こういう話だろ」

「……怒ってないの？」

「前までは怒ってたし、本当にうざかった。さっき、いきなり叫び出した時も驚いたしな」

「え、えっと、じゃあ、何で？」

思わず尋ねると、また、ため息をついた。

「驚いたけど、形振《なりふ》りかまってなくて、本気だって分かったからな。お前の言ったことや、やったことは、本当にうざかったし、怒ってた。……だけど、本気で正彦のこと好きで話を聞きたかったなら、反省して謝ろうとしてたなら、話も聞かずに無視し続けて悪かったと思うからな。それだけだ」

白崎君が言った、すごく誠実な人だという言葉を思い出す。

どっからどう見ても逆ギレな、私の話を信じてくれて、私が悪い所ばっかりだったのに、自分が話を聞こうとしなかったことを謝ってくれた。

思わず、深く頭を下げる。

「赤羽君、迷惑かけて、嫌な思いさせて、本当にごめんなさい。それから、本当にありがとう！」

赤羽君は、返事はしないが、ちょっと頷いてくれた。

それにもう一度深く頭を下げて、そして、教室を出る。

嬉しくて、びっくりして、さっきのやり取りが頭を巡って早足になる。

教えてくれたことを頭の中で繰り返す。

可愛い系の良い子。

取り敢えず、ファッション誌読んで、可愛い系ファッション研究して。

……良い子はちょっと分からないけど、いつもニコニコ親切にを心掛けて。

それと、ショートボブ……。

歩いてるせいで、ひるがえる長い髪をちらりと見る。

真っ直ぐな黒い髪は、よく色んな人から綺麗だって誉めてもらえて気に入っていた。丁寧に手入れして、頑張って伸ばしていた。

それに、このヘアスタイルはヒロインのチャームポイントで、色んな攻略対象者から誉められるシーンがある、ヒロインとしての大事な要素の一つだった。そう、ヒロインの象徴であったのだ。

髪をじっと見つめて、少し考える。

そして、出てきた結論に頷くと、パタパタと小走りで、目的地に向かった。

次の日の朝、教室のドアの前で、深呼吸をしていた。

ドアの前から動かない私を他のクラスの人が不思議そうに見ながら、通りすぎていく。

もう一度深く深呼吸をして、おし、と呟き、ドアを開けた。

教室に入ると、仲の良い子がこちらを見て、びっくりした顔をする。

その子に挨拶をしながらも、席の方を見ると篠山君はやっぱりもう学校に来ていた。

覚悟を決めて、席の方に向かう。

プリントの整理をしている篠山君は、まだ、こっちに気付いてない。

もう一度、息を吸って、口を開いた。

「おはようございます、篠山君！」

私の声に篠山君は顔を上げて、ちょっと驚いた顔をした。

「おはよう。髪バッサリいったな」

その言葉にちょっと緊張する。

軽くなった頭と、肩に触れる髪の先のくすぐったさに、まだ慣れていない。

「うん、気分転換でショートボブにしてみたんだけど、……へ、変かな？」

そう聞いてみると、篠山君はちょっと笑って、

「いや、桜宮、そういう髪形似合うな」

と言った。

嬉しくて、ドキドキして、体温が上がる。

頭がまっ白になりそうになるが、ちょっと息を吸って、落ち着かせる。

ねえ、篠山君。

あなたを好きになって、私は色んなことに気付いたよ。

自分が本当に考えなしだったこと。

臆病なこと。

結構、テンパりやすくて、何やらかすか分からないこと。

本当に駄目駄目なことばっかりで、ちょっと大分落ち込んだ。

だけど、それでもね、頑張りたいと思うから。

ヒロインらしさなんて捨てて、あなたの理想に近付きたいと思うから。

怖くて、恥ずかしくて、逃げたくなっちゃうけど、慣れない髪形で自分の背中を押してみよう。

しゃべられなくなる前と同じように、にっこり笑って、返事を返した。

「……ありがとう！」

失敗したら、反省して。

駄目な所は直して。

そして、いつかは、あなたの隣を歩けるくらいに素敵な女の子になりたいです。

ちょっとひどいと思います

「し、篠山君！」

休み時間になったとたんに、声をかけられ振り返る。

と、言っても、相手は誰だか分かっている。

案の定、ノートと教科書を持った桜宮が立っていた。

「さっきの授業のこの問題、ちょっと聞いてもいいかな？」

何故か少し恥ずかしそうに顔を赤くしながら尋ねてくるのに頷く。

「……別にいいぞ。えーと、この問題のどの辺？」

「えっと、どうしてこの公式を使うのか分からなくて……」

「あー、それはだな……」

ちょっとした解説をすると理解できたようで、目を輝かせて頷く。

「そっかぁ。ありがとう、篠山君」

「いや、どーいたしまして。……えーと、ちょっと聞いていい？　最近、よく色々なことで聞きにくるけど、なんかあった？」

そう、桜宮が俺に授業の質問などをしてくるのは、最近ずっとなのだ。

一、二ヶ月ほど前、やけに俺を避けるなと不思議に思っていたのだが、髪を切ったあたりから前と同じように話しかけてくるようになった。

それだけなら、普通にホッとしたで済むのだが、今のようにやたらと勉強のことを聞いてきたり、練習中だというお菓子の味見を頼まれたりするようになったのだ。

しかも、席替えも終わって、少し離れた席になったのにだ。

正直、勉強は先生に聞けばいいし、お菓子は友達に頼めば良いのに、何故、俺にくるのか謎なのだ。

「ご、ごめん！　迷惑だった……？」

「いや、勉強のことは簡単な復習になるし、お菓子はなんかもう、進化を目の当たりに！　って感じである意味面白くはあるんだけど……、何でかなと」

そう言うと、桜宮は何故か真っ赤になりながら視線を逸らした。

「えっと、その、色々、頑張ろうかな……と思いまして。そのですね」

しどろもどろに何かを語ろうとしていたが、その時、ドアが開いて次の時間の教科担任が入ってきた。

「あ、もう、先生来ちゃったから、席に戻るね！」

「あ、そうだな」

「問題教えてくれてありがとう！　あ、そ、それと、今日も作ってきたので、味見してくれると嬉しいです！」

そう言うとやたらと急いで席に戻ってしまった。

首を傾げながらも、次の時間の教科書を取り出した。

「えぇー、篠やん、それ本気で言ってる？」

昼休み、いつものメンバーで飯を食っている時に、さっき桜宮に聞いたことをコイツらにも聞いて見ると、黄原に思いっきり呆れた顔をされた。

なんか、コイツにこんなこと言われるのはムカつくなと思ったが、見ると、白崎も苦笑顔だし、貴成も微妙な顔をしている。

……あれ、これは俺が悪いのか。

どうにも分からないというのが顔に出てたのか、白崎が苦笑しながらも俺の質問の答えを出してくれた。

「桜宮さん、来年、Ｓクラスになりたいそうですよ」

「へ？」

思わず間抜けな声が出てしまう。

桜宮は言っちゃ何だが、成績はそんなに良くない。

よく先生に当てられては詰まっていたし、テストの成績表が返ってくるときは涙目だった。

それなのに、いきなり学年で四十五番以内しか入れない特進クラスを目指すとは、……結構大変ではないだろうか。

「最近、図書室で香具山さんや、暁峰《あけみね》さん、染谷さんと一緒に勉強してるんですよ。結構、頑張ってるみたいですよ」

「そー、そー、お菓子作りも、よく夕美達と一緒にウチの姉ちゃんに習いにきてるしね」

「え？　何で？」

思わずそう言うと、貴成がため息をついて、口を開いた。

「ちょっとは考えろ」

「えー、いや、分かんねえし。つーか、ひょっとして、貴成は何か聞いてたりすんの？」

そう、貴成は入学してすぐの時に桜宮が地雷を踏んでからずっと態度が冷え切っていたのだが、桜宮が髪を切った頃ぐらいに、和解したようなのだ。

貴成はちょっとしか教えてくれなかったが、何でも桜宮が何かやらかしてたのに気付いて、ちゃんと謝ってきたから、普通に態度を改めることにしたと言っていた。

それ以来、ちょくちょく貴成が桜宮に何かを語っているところを見たりすることがあり、かなり驚いたのだ。

なので、そう聞いてみると、更に深いため息をつかれた。

「……料理に関しては、前、お前が桜宮の作った料理をマズイとか言いながらも全部食べてくれたからで、勉強に関しては、特待生はSクラスにならないといけないから、一緒のクラスになるためらしいぞ」

その言葉に目を見開く。

周りを見ると、白崎と黄原も頷いていた。

なるほどと頷いて、口を開く。

「そっか、せっかく仲良くなったなら、友達と一緒のクラスになりたいもんな！　俺と一緒で染谷もSクラスにならなきゃって言うの忘れてたわ！」

ものすごーく納得して、一人うんうんと頷く。

最近、とても仲良くなったらしい彼女達はよく昼休みや放課後につるんでいるのをよく見かける。

コイツらはさらっと成績いいので忘れていたが、二年生時のクラス分けは一年生の時と違って成績順になるため、友達同士で一緒のクラスが良いと頑張るというのはこの学校ではよく聞く話だ。

俺と一緒でSクラスにならなきゃいけない染谷がいるなら、そりゃあ勉強頑張るだろう。

俺に勉強のことを聞きにくるのも、染谷がよく俺にノートとか参考書を借りに来てたからだろう。

料理も俺にマズイと言われて、ものすごくむくれていたのを思い出すに、料理が上手くなっていく様子を見せることで見返してやろうと思ったのだろう。

確かにこの一、二ヶ月でかなりの進化具合いで、びっくりしつつも感心したもんな。

気になっていたことの答えが分かり、あー、スッキリしたと呟いている俺を見て、三人がこそこそと何かを囁きあっている。

「え、鈍くない!?　桜ちゃん、めちゃくちゃ、恋する乙女感いっぱいのアプローチしてるじゃん！」

「……じゃなきゃ、わざわざ俺に正彦の情報とか色々聞きにくる訳ないだろうが。桜宮のことちゃんと見るようにしたら、俺にさえ一瞬で分かるくらいに分かりやすい態度だったぞ」

「……ですよね。篠山、何でもそつなくこなすと思ってましたけど、こんな所に弱点があったんですね」

「ごめん、何話してんの？」

「「何でもない（よー！）（です）」」

即返ってきた返答に首を傾げながらも、取り敢えずと、昼休みの始めにもらって、後で感想よろしくと言われていたカップケーキに手を伸ばす。

やはり、見た目はちょっと不恰好で、焦げる一歩手前だったりするのだが、バターの風味が効いていて、わりとイケる。

前のアップルパイを思い出し、上達してんなあ、と思う。桜宮にどんな感想を伝えようか考えながら、カップケーキを味わった。


数日後の学活の授業。

入ってきたのは、成瀬先生じゃなく紫田先生だった。

成瀬先生は割と出張が多いため、ちょくちょくこんな感じで代わりをやっている。

女子生徒達がラッキーなどと喋り始めたのを見て、

「ウッセいから黙れよ、お前ら。授業中だ、授業中。他のクラスの迷惑考えろ」

などと、ぞんざいな口調で言ってのけた。

最初の時期のかしこまった感じが嘘のようだなと思う。

本人的には、成瀬先生の笑顔での無言の圧力を目指したかったらしいが、こっちの方が合っているだろう。気安い感じで絡みやすくなったと、クラスの奴らにも好評だし。

静かになったクラスを見渡して、紫田先生は今日の学活の内容を喋りだした。

「今日は、外部受験の生徒達の案内係を決める。役割としては、冬休みにある校内見学の案内、入試の時の案内や、受付、ついでに入学式の案内とかだな。人数は高等部一年のクラスから各二人ずつ、中等部三年のクラスから各二人ずつだそうだ」

その言葉に懐かしいなあと去年の今頃のことを思い出した。

普通だったら、これは中学校二年生向けの見学会らしい。だけど、俺がこの学園をめざし始めたのは三年生になって貴成に頼まれてからだったのだ。だから勿論二年生の時には行っておらず、学園祭も用事のせいで行ってなかったため、三年生の冬休みに行ったのだ。

正直、当時は、貴成が今まで見たこともないくらいおずおずと弱気な感じで頼み込んできたから、ほだされてしまったのだが、これはどうなんだろうと思ってた。元々公立行くつもりだったし、乙女ゲームのこととかあるし。だから割と憂鬱だったのだが、案内の人達は親切だし、校内設備もかなり充実していたためモチベーションがかなり上がったのだ。特待生制度の話も詳しく聞けたしな。

しかし、それにしても、さらっと仕事が多い。

この学園の係は本当に鬼畜な仕事量だ。

特に生徒会とかは本当に忙しいそうだから、来年やることになる貴成達に同情する。

「誰かやりたいヤツいないか？　後輩と仲良くなれるチャンスだぞ」

紫田先生がそう言って、生徒達の顔を見渡すが、当然の如く、誰一人手を上げない。

仕事内容を聞いただけでもかなり仕事多いし、内部生に聞いたところ、中等部三年の時に外部生案内の係りになったヤツがかなり忙しそうで毎日のように愚痴っていたらしいから。

何でも、内部生は受験は無いし、外部生が入学した時に、案内やってた人が同級生にいたら、安心できるだろうとのことだがそこまでの仕事をやらせちゃいけないだろうと思う。

「誰かいないかー？　もし、いなかったら、文化係にやってもらうことになるんだが」

へー、文化係……ん？　俺じゃないか！

気付いた瞬間、思わず手を挙げて、反論を述べる。

「はい！　俺、文化係になってから結構色んなことやらされてるんですけど！　更に仕事の追加は無いと思います！」

「もう、文化係の仕事は無いだろ？　文化係＝校内雑用係だ。最初に油断したのが悪い。はい、つーことで、篠山に同情したヤツ二人くらい誰かいないかー？」

その言葉を聞いて、慌ててクラスを見渡した。

ちょっと待って、誰かいねえの⁉

めんどいし、嫌なんだけど！　講演会の準備とかで俺は既に結構頑張りました！

いつものメンバーと目が合うと苦笑しつつも、三人で目配せし合っている。

そのやり取りをちょっと期待しつつも、見ていると、

「はい！」

誰かの手が挙がった。

見ると、桜宮が手を真っ直ぐに挙げている。

あれ？　最近、色々やってるから忙しいって思ってたけど大丈夫なのか？

「……おー、じゃあ、桜宮と……、もう一人いないか？」

何故か、ちょっと笑いながらも紫田先生が再び問いかける。

だけど、誰も手を挙げない。

いつものメンバーを見ても、ちょっと苦笑しながらも首を横に振られた。

「……じゃあ、篠山と桜宮でいいかー？」

その言葉に、再びあの講演会の時のような忙しさがやって来るのだろうな、とガックリと首を落とした。

＊＊＊

「へー、桃、あの係やるの？　忙しいって有名じゃない？」

放課後、図書室にて怒られない程度の小さな声で、凛ちゃんが言った。

詩野ちゃん、夕美ちゃん、凛ちゃん達に付き合ってもらう感じで、最近、よく開いている勉強会だ。

「うん。篠山君、あんまりやりたくなさそうだったから、手を挙げてみたんだけど。結局もう一人が出なくて、私と篠山君でやることになったんだ」

篠山君には悪いが、ちょっと嬉しい。

「あー、それはまあ」

「多分、気を使われたわね」

「だよね」

三人がちょっと苦笑ぎみに相槌をうつ。

「でも、大丈夫なの？　桃ちゃん、今でさえ、色々とやってるのに」

「あー、うん、……頑張る」

前向きに頑張るって決めてから、赤羽君に色々と話を聞いたり、会話の内容を思い出したりして、やることを考えたのだ。

来年は絶対一緒のクラスになりたいし、料理はちゃんと上手になって女の子らしく見て欲しい。

かなり大変だけど、赤羽君が言ってた篠山君は努力家が好きだという言葉を思い出して、頑張っている。

「それよりも、皆には、迷惑かけちゃってごめんね。勉強とか料理教えてって言ってから、結構付き合わせちゃってるし」

そう言うと、三人とも笑って否定してくれる。

「いーの、いーの。私はそもそも、絶対やんなきゃいけないことだし。皆でやれてモチベーション上がるよ！」

「勉強はそろそろやんなきゃなって思ってたし、お菓子作りは咲姉に付き合って元々よくやってたしね」

「それに、私も料理そんなに得意じゃないから、教えてもらえて嬉しいよ」

皆の言葉に感動しつつも、詩野ちゃんの言葉にちょっと苦笑いする。

詩野ちゃんは如何《いか》にも大人しい女の子っぽい外見に似合わず、かなり豪快な料理をしたりする。

「まあ、それは置いといて、肝心の恋の進歩状況はどう？　いい感じになったりした？　ちょっとは意識してくれたりとか！」

「声が大きくなってるわよ。ちょっと落ち着いて」

「でも、気になるよね。どんな感じ？」

ウキウキと尋ねてくる凛ちゃんと、たしなめながらも好奇心の隠せてない夕美ちゃんに、やっぱり直球でさらりと聞いてくる詩野ちゃんに見つめられて、ちょっと詰まる。

そして、先日の篠山君からの質問を思い出して、遠い目をしながら口を開いた。

「……篠山君、ちょっと、鈍感かもしれない……」

怖い事実を知りました

面倒な係を押し付けられてから数日、メンバー同士の顔合わせの日がやって来た。

放課後、それに向かう俺と桜宮を黄原達が、頑張れ～と言いながら、のんびりと手を振りながら見送って来る。

チクショウ、俺だってやりたくなかったっつーの。

来年、お前ら生徒会だからな。

めっちゃ忙しいし、任期は一年もあるらしいからな。

覚えとけよ、このヤロウ。

そんな感じで、呪いの念を送っていると、一緒に集会室に向かっていた桜宮が声をかけてきた。

「し、篠山君、その、大変だろうけど、精一杯頑張るので、よろしくお願いします」

「あー、うん、よろしく。桜宮もありがとな。皆嫌がってた係やってくれて。最近、ちょっと忙しそうだったろ」

「あ、ううん、それは全然大丈夫だよ」

そう言えば、桜宮が立候補するとは意外だったんだよな。友人でさえ逃げたのに。

まあ、下手に押し付けられて嫌々適当にやるやつと一緒にならなくて良かったかな。なんにせよ、引き受けてくれたのはありがたい。

集会室に着くと、結構人数が集まっていてすぐに顔合わせが開始された。

実行委員だという真面目そうな女子の挨拶の後、担当になった教師の紹介だ。

立ち上がった二人の先生のうち、一人を見て、半目になる。

我がクラスのイケメン副担任が済ました顔で挨拶をしていた。

道理で、あのタイミングで誰も決まらなかったら俺になるとか押し付けられるフラグのようなことを言って来やがったと思ったんだよな、道連れにしやがったな、あのヤロウ。

そんなことを考えているうちに、メンバーの自己紹介の順番が回ってきたので、クラスと名前を言った後、適当に頭を下げて席に座る。

自己紹介の後、簡単な仕事の説明がされた。

何でも、中等部と高等部のクラスを縦割りで四人組にして、割り振られた仕事をやっていくらしい。

七組は、学園紹介の冊子の作成か。

また、面倒くさそうなのに当たってしまったもんである。

えーと、中等部の七組の人達は、と周りを見渡そうとした時に、こんにちは！　と明るく声をかけられた。

「七組の先輩達ですよね！　中等部三─七の倭村木実《いむらこのみ》です。よろしくお願いします！」

とても元気よく、ニコニコと挨拶してくれた後輩を見る。

百四十㎝あるのだろうか、ちまっとしたサイズだが、猫っぽい大きな目といい、ちょっとだけ跳ねたショートカットの髪といい、いかにも元気そうな可愛らしい女の子だ。

そして、後ろを振り返って、ほら、青木《あおき》君も！　とまだ後ろの方にいたらしい同じクラスの子に挨拶を催促する。

声をかけられて、寄ってきたその小柄な男子生徒を見てちょっと驚く。

男子制服を着ているから男子なのだろうが、まるで女の子のように整った顔の男子だった。

こっちを見て、小さな声で、自己紹介をする。

「……青木です。……よろしく、お願いします」

その名前を聞いて思わず、顔を凝視する。

不思議そうな顔で見られて、謝りつつ、こっちも自己紹介をするが、この顔で青木……と色の入った名字。

うん、攻略対象者ですね！

確か、生徒会メンバーと顧問の先生で、攻略対象者は六人だったから、これで最後の攻略対象者である。

しかし、アイツらを脳内で並べて見ると。

……うん、モブのこっちが申し訳なくなるほど、きらびやかだね。

そんなアホな考えを脳内から追い払い、教えられた昔の冊子がある教室に向かおうと、桜宮に声を掛けようとすると。

「……桜宮、どうした？」

桜宮は何故か、中等部の二人をものすごくキラキラした目で見つめていた。

小さな声で、ちびっこカップル可愛い！　と呟いている。

……うん、そういや、コイツ、ちょっと残念だったなと思いつつ、頭をポンポンと叩いて桜宮を現実に戻した。

さて、係の活動が始まってから、一週間が経った。

前年の冊子などを参考にしながら、学園設備の変更点をまとめたり、在校生にやってもらうアン

ケートなどを準備したり、結構忙しい。

コピーやら、プリントの確認やらで出払ってる三人の代わりに各クラスに配るアンケートのミスや、枚数を確認していると、廊下から声をかけられた。

「よー、頑張ってるか？」

呑気な声に誰か分かり、冷たい声で返事を返す。

「そうですね、受け持った以上、キッチリやりたいので。仕事量多くて大変ですが、受け持った以上」

係をやらされてることを当てこすると、紫田《しだ》先生は苦笑した。

「いやー、お前、真面目だし、仕事早いし、やってもらえたら楽だな、と。うん、悪かったな」

「教師によるそういうのって理不尽だと思いまーす、この下っぱ教師」

そう言うと気まずげに、悪かったってと繰り返す。

その言葉に、軽く頷いて口を開いた。

「……ところで、成瀬先生の差し入れ嬉しかったですよね」

「……うん？」

「結構度々持ってきてくれて。俺、あのおかげで頑張れたと思うんですよね」

「…………今度、なんか買って来るよ」

まあ、この辺にしといてやろう。

どうせこの人もまた面倒くさい仕事を押し付けられているのだろう。下っぱは苦労するものである。

「ま、いいや。ところで、どんな感じだ？　可愛い子と仲良くやれてるか？」

何故かニヤニヤ笑いながらのその言葉に、ちょっと考え込んで、口を開いた。

「……そっすねー、いつもすっごい真面目で、一生懸命なんで、すごいなと思います」

「ほー」

「気も利くし」

「なるほどー」

「ただ、本人がすごい大人しいんで、色々押し付けられてないか、ちょっと心配になります」

「……ん？」

「いや、生き生きと作業してる倭村さんと違って、こういう仕事キャラじゃないし、明らかに押し付けられてんじゃないですか、あれ。本人も真面目で自己主張がないから、周りも味を占めてそうだなと。俺の余計なお世話なんだろうけど、息抜きしないかって言っても断って一人で作業してるんで、ちょっと心配になってきちゃって」

「……すまん、篠山、誰の話だ？」

「誰って、青木の話ですよ。紫田先生が言ったんじゃないすか、可愛い後輩と仲良くできるチャンスだぞ、って。倭村さんも良い子なんだけど、そっちがすごい元気な分、大人しすぎるのが気になっちゃって」

「……うん、ところで、桜宮とかは？」

「桜宮？　なんか、やたら元気で張り切ってます。この前も、学園外れの設備の写真、俺がやるはずだったのに、私がやります！　って一人で行っちゃって。別に、気になるなら、一緒に行けば良いのに。初日に後輩可愛いとかなんとか言ってたから張り切ってんのかな…………紫田先生、どうかしました？」

何故か、俺の話を聞いて項垂《うなだ》れてしまった紫田先生に声をかける。

すると、紫田先生が、

「……いや、アイツ、空回りすぎってか、……つーか、あんだけされて欠片《かけら》も気付いてなさそうなのはどうなんだ……」

などとよく分からないことをぶつぶつ呟き、ふと、顔を上げて、

「篠山、お前、まさか、男が趣味って……」「すみません、何言ってんのか聞き取れなかったんですけど、思いきり殴っても？　ええ、全然聞き取れなかったけど、俺のタイプは普通に可愛い女の子だっつーの、アホですか、アンタ」

そう言って、据わった目で拳を構えると、即座にスマンと返って来る。

ふざけんなよ、貴成と仲が良いことを理由に中学の時とかも時々言われたが、俺にそんな趣味は無いし、普通に友達だっつーの。つーか、それ貴成とかに言ったら、ヤバいからな、絶対零度になるぞ。

「そっかー、ってことは篠山が気になっちゃうほどあれなのか、青木。ちょっとマズイな、生徒会役員候補なのに」

そう言って、真剣に考え込みだした紫田先生に、そう言えばと口を開く。

「ウチの学校の生徒会って、どうやって決めてるんですか？」

「あれ、知らないのか？」

「いや噂を聞くと、珍しく任期一年で、めっちゃ忙しいのに、権力絶大で、決め方選挙のはずなのに、立候補者集め熱心にやらないし、何故か選挙前から新生徒会は動き出すしっていう謎な感じしか分かんないですよね」

聞けば、学園の有力者だけじゃなく、目立たない庶民な外部生も生徒会メンバーになったりする。しかも、絶対やりたくないって言ってたヤツも何故か新学期になると、真面目な顔して生徒会メンバーになってるということもあるらしい。

来年、貴成達がやるはずなので、色々聞いていたのだが、全然分からなかったのである。

そうすると、紫田先生は、うーんと唸った後、まあ、コイツだし良いかと呟いて、口を開いた。

「ウチの学園、上流階級のヤツ多いだろ。だから、生徒会も、将来、上に立つものとして、これくらい出来なくてはっていうポリシーでめちゃくちゃ仕事多いんだよな。しかも、普通だったら、生徒の領分じゃないだろってこともやらされるし。まあ、そんな感じだから、次期社長だのなんだのなヤツらが、親の意向とかでこぞって、生徒会になったりするんだよな。そうすると、生徒会OBがやたらすごいことになって、縦の繋がり強いからコネ目当てでやりたいヤツ増えるし」

……うん、なんかすごい話である。漫画みてえ、ってか、乙女ゲームの世界がそうか。

「……ところがな、いるんだよ」

「……ん？」

「甘やかされまくって、親の力の上に胡座《あぐら》かいて、中等部受験以来ろくに勉強もしてないし、内部生だからってイバるヤツ。んでもって、そういうヤツに限って、ウチの学園の生徒会の仕事の多さなんて聞かずにやりたがるんだよな。んで、当然のように仕事全然しねぇんだよ」

盛大なため息が落とされた。

まあ、うん、それは大変に困っただろうな。

「……何度か学園業務が滞《とどこお》って、リコール騒ぎが起こってから、学園も考えてな。保護者の圧力が強いヤツの中で、真面目にやりそうなヤツ選んで、高等部だけでメンバー足りなかったら、中等部三年にも目をつけて、それでも足りなかったら、有能そうな外部生をって感じでこっちで選ぶんだよ。んで、メンバー選んだら、ほぼ形骸的な選挙やって終了。楽だろ、そっちの方が」

「……それ、真面目に生徒会やりたい一般の生徒は？」

「ウチの学園の豪華な設備、ほぼ、ＯＢとか保護者からの寄付によって支えられてんだわ」

「……なりたいって言ってたのになれなかったアホとか面倒くさそうなんですけど？」

「大丈夫。かつて、ぶちギレてリコールやらかした権力絶大なＯＢ様達が背後に控えてる。華麗に暗躍してくれるぞ」

「…………それ、生徒会メンバー達の意志は？」

「大丈夫！　親からの圧力とヤバすぎるＯＢの面々のおかげで大抵大人しくやってくれるぞ。そもそも、真面目そうなの選んでるし。本人にとっても、コネ作れて、役に立つぞ。だから、お前も安心しろよー」

……うっわー、マジか。

怖っ!!

貴成達、超気の毒なんだけど。

「まあ、話を戻すと、そんな感じの生徒会メンバーに、あまりにも大人しいのは、ちょっと頂けないんだよ。本人も辛いし、周りもソイツに付け込もうとしてくるし」

他の生徒会候補、誰がいたっけなぁと呟く。

なるほど、確かに青木には気の毒だ。見るからに大人しいし。

つーか、ゲームの通りに行くと、そんな感じのまま、生徒会役員やらされるの？　マジで？

こういう時に、ゲームの内容覚えてないのが辛いなあと思う。

そんな感じで考え込んでると、いつの間にか、桜宮が戻って来た。

「篠山君、ただ今戻りました！」

「あー、お疲れ様ー」

「な、何かやることありますか!?」

「いや、普通に割り当ての仕事でやれること無かったら、特に……」

「じゃ、じゃあ、篠山君のやってること手伝う、よ？」

「いや、一人でやれるから大丈夫。ありがとうな」

「……そ、そっかー」

何故か落ち込んでいる桜宮に首を傾げていると、元気いっぱいに倭村さんが帰ってきた。

「はーい、私も戻りました！　あのプラネタリウムはやっぱり申請すれば、天文部以外も使えるそうですよー。申請の仕方、詳しく聞いてきました！」

「そっか、ありがとう、まとめといてもらえる？」

「はーい！　あ、青木君もお疲れー！　どうだった？」

その言葉に入り口を振り向くと、いつの間にか青木が立っていた。

「……書類、申請大丈夫でした……」

「そっかー、何かやれることある？　手伝うよ！」

「………大丈夫です、……ありがとうございます……」

倭村さんに話しかけられて、ちょっと俯きながら、小さな声で返事をすると、そそくさと逃げるように、必要書類の整理整頓を始めた。

それを見た紫田先生がちょっと苦笑しつつ、口を開く。

「忙しくなってきたみたいだから、行くわー。頑張れよー」

それを見送って、さっきからやっていた作業の続きを再開する。

ふと、顔を上げると、そこそこ量のあるプリントの入ったファイルが目に付いた。

化学の問題で、明らかにここにあった物ではない。

思わず手に取って、首を傾げると、

「……すみません、……僕のです……」

消え入りそうな声をかけられた。

顔を上げると、青木が気まずそうな顔で立っている。

「あれ？　青木君、それ、今日、提出の課題だよね？　どうしたの？」

倭村さんがちょっと眉をひそめながら、口を開く。

「……その、出すの忘れてて、教室に、置いてあったの、取ってきた…………一応、放課後まで、だから……」

「でも、青木君、授業前に聞いたら、普通に終わってたよね、その課題。普通に授業の時に出せたはずでしょ、何でまだ課題プリント持ってるの？」

「…………忘れただけ、だから……」

消え入りそうなその声と倭村さんの追及に心底困ってそうな表情に、加えて何か言おうとしてた倭村さんが口を閉じた。

何か言いたげな顔で、チラチラと青木を見てる。

桜宮も、ハッとした顔になって、困ったように、青木を見ている。

それを見て、嫌な予感にため息を押し殺した。

攻略対象者の問題に何故か関わりまくってしまうのは何でだろう。

でも、あんな怖すぎる物をやらされるはめになる真面目な後輩を、知ってしまった以上見捨てることはできないんだよな。

苦手な人はいるものです

学園の怖い事実とか、なんか大変そうな青木のことを知ってしまってから、数日後。

俺はとある部屋の前で、帰りたくなるのを抑えながら立っていた。

さっきから、ノックしようと手を挙げたまま固まっている。

でも、仕方がない。誰にだって、苦手な人というのはいるものだろう。

覚悟を決めて、目の前のドアをノックする。

中から明るい声で、どうぞーと返ってきて、ドアを開けた。

保健室独特の消毒液の匂いが仄《ほの》かに漂う部屋の中で、大人っぽい美人がこちらを見て、目を瞬《しばた》かせた。

「あらー、篠山君じゃない！　どうしたの？　怪我？　それとも、体調不良？」

朗らかに、そして、心配そうにこちらを見る茜坂《あかねざか》先生は、評判通りの明るくて優しい保険医だ。

だけど、毎回のことながら、彼女の素を知っていると、顔がひきつるような猫被りである。

「……いえ。お話を聞きに来ました」

ひきつる顔を必死に抑えて、そう言うと、茜坂先生はまるで獲物を見つけた猫のように笑った。

「あら、珍しい。何かしら？」

表情一つで印象が、がらりと変わる。

思わず身構えると、茜坂先生はクスクスと笑う。

「ふふふ、そんなに緊張しなくても、何もしないわよ。どうぞ、座って？」

促されるままに、椅子に座る。

「で、お話って？」

楽しげにこっちをからかってくるような感じなのに、普段見せているものとは全く違う雰囲気に飲まれそうになる。

おそらく本人も、こっちが受ける印象とかを分かってやっているのだろう。

……この人のこういう感じがすごい苦手なんだよな。

せめてもの抵抗で、茜坂先生の目をしっかり見て答える。

「……中等部、三－七の青木について聞きたいんですけど」

係の仕事をやるようになってから、そんなに経っていないが、青木は頭が良くて、とても真面目だというのはよく分かった。

そして、すごく大人しくて自己主張をあまりしないタイプだ。

係だって、十中八九押し付けられたのだろう。

そんな彼が、明らかに自分の分ではないだろうプリントを持っていた。

それも、真面目な彼が出せるはずの授業中に出すのを忘れて、係の仕事の最中に、教室から取って来ただけだと言い張る。

……正直、途中で会った誰かに、課題を押し付けられたようにしか見えない。

大人しい生徒がクラスの係決めなどで貧乏くじを引くはめになることは、良いことではないが時々あることだろう。

だけど、更に日常的に課題などを押し付けられていたりするのは、アウトだと思う。

その上、そんなパシられた状態のまま、校内でかなりの権限があるという生徒会役員になってしまうかもしれない。

……どう考えても、面倒なことになる予感しかしない。

生徒会役員になるのは、俺の友達ばっかりだし、青木のことも考えると見捨てる訳にはいかないと思ったのだが、ここで一つ問題が浮上した。

青木との接点が係の仕事しか無い俺は青木のことが全然分からないのである。

白崎のようによく話したり、黒瀬のように明らかにヤバいトラブルに巻き込まれたりしてる訳ではない。

且つ、いじめとかに関わりそうな割とデリケートな問題であり、誤解で何かやらかしてしまう可能性とかも考えると、情報が無いと首を突っ込めない。

青木と普通にしゃべって色々知ることができれば良いのだが、青木は本当に大人しく、あまりしゃべらないのである。

だから、俺が思い付く一番の情報通である茜坂先生に話を聞きにきたのだ。

「……青木君かぁ。今、一緒に係の仕事やってるんだっけ？　聞きたいことがあるなら、自分で聞けば良いんじゃないかしら。わざわざ、私に聞きにくるのはどうして？」

「……前、貸し一つで何でも教えてくれるって言ってましたよね」

「違うわよ。だって、篠山君、私のこと苦手でしょう？　かおるちゃんって呼んでくれないしねー」

ふざけた感じだが、サラリとかわされる。

……やっぱり、一筋縄じゃいかないな、この人。

どうしようと悩んでいると、クスクスと笑いだした。

「意地悪はこれくらいにしとかないと怒られちゃいそうね。良いわよ」

その言葉に拍子抜けして、茜坂先生を見るが、にこりと笑うと話し始めた。

「頭が良くて、真面目な良い子よね。顔が可愛いから女子人気も高いし、教師からの評判も上々。来年の高等部の生徒会役員候補としてあげられてる。……なんだけど、すごく大人しくて自己主張が少ないせいで、クラスの一部の男子達に良いように使われている。篠山君が私に話を聞きにきたのって、それが心配だったからでしょう？　顔が可愛いから、結構噂話にあがるし、名門私立小学校の出身だから同じ出身の人が多いから、色んな話が出来ると思うわよ」

言うまでもなく見透かされていたそれに、内心で驚きながらも頷く。

「それをやってる主犯格の子は、青木君の小学校の時からの知り合いらしいわ。……ねえ、青木君の下の名前って分かる？」

そう言われて答えようとするが、……あれ？　そう言えば、何だっけ？

「流星《りゅうせい》。流れ星って書いて、りゅうせいって読むのよ」

あ、なるほど、そんな名前だったか。

何で、全然覚えてなかったんだろうな。

「そうですか。綺麗な字ですね」

そう言うと、茜坂先生はクスクスと笑う。

「なるほど、篠山君らしい反応ね」

「はい？」

「フルネームで青木流星なんだけど、七年くらい前に流行ってた漫画の必殺技が〝蒼き流星〟だったんだって。それで散々からかわれて、元々大人しい子だから、言い返したり出来なくて、それが原因で上下関係が出来ちゃったってのがそもそものきっかけらしいのよね。だから、自分の名前苦手みたいで、あんまり下の名前名乗ったりしないみたい」

うっわ、マジか。

小学生らしい悪ふざけと言えばそうだが、名前をしつこくいじるのとか本当に無いし、それを後々に引きずるのとか本当にいただけない。

「その上、ソイツが割と有名な会社の社長令息で、周りもあんまり強く言えないらしいわ。それに加えて、青木君が教師から気に入られてるから、ソイツも生徒会役員を目指してるせいで、ライバル視されてるみたい」

……紫田先生の言ってた、親の権力で調子乗る系の馬鹿か。

なるほど、こう言うのがいるから、あんな恐怖体制になったと。本当に迷惑だな。

そんなことを考えていると、眉間をトンッとつつかれる。

「顔すごいしかめ面になってるわよ」

「……すんませんね」

「ううん、良い子よねー、篠山君」

そう言って、頭をわしわしと撫でられる。

「ちょっ、何ですか、いきなり！」

「いやぁ、こういう問題って難しいから、教師の立場になっても、却って問題を大きくしちゃうこととかを考えて動けないこと多いのよね。でも、篠山君、本気で心配して、親身になってくれてるでしょう。そういうのって、結構嬉しいのよ」

そう言って、優しそうな顔で笑う茜坂先生は、いつもの笑顔のように怖い感じではなく、元から美人なだけあって、ちょっとドキリとする。

ちょっと居心地が悪くなり、ソワソワしていると、クスリと笑って頭を撫でる手を止めた。

「こんな風に親身になってくれる人が身近にいるなら、後は青木君なのよねえ。篠山君、青木グループって分かる？」

確か、ホテルとか旅行会社とかの会社で、よくCMでやってる……って、ええ⁉

ひょっとして、あの青木グループの青木⁉

驚いた俺の顔を見て、気付いたのが分かったらしく続ける。

「超有名企業でしょ。会長は厳しい人だって、有名なのよ。青木君、跡取りだから、結構周りからも色々言われて、自信無くなっちゃったみたい。……青木君、出来も普通に良い方だと思うんだけどね。でも、青木君って良い子でしょ。だから、ちゃんと自分に自信が持てて、拒絶できるようになれば、周りも青木君の味方になれるし、こんな風なことは無くなると思うの。調子乗ってる馬鹿も色々と気付くだろうしね」

言ってから、深く息を吐いて、呟く。

「……言うのは簡単なんだけどね、難しいわよね、こういうの。青木君のこと、ちょこちょこと聞こえてくる噂を聞いて、ずっと気になってたんだけど、流石に中等部じゃ、高等部の保険医の私なんかじゃどうしようもないもの。だから、篠山君がこんな風に来てくれて、ちょっとありがたかったのよ。周りのこと気にして助けようとしてくれて、ありがとうね。だけど、ちゃんと、自分のことも考えなきゃ駄目よ。あんまり、周りのことばっかり抱え込むと疲れちゃうわ」

だから、拍子抜けするほど簡単に話を教えてくれたのかと納得するのと同時に、茜坂先生の真摯な気持ちと、心からの心配が、その言葉から伝わってきた。

ふと、桜宮を保健室に連れてった時に、昔色々あったから、情報収集に自信があると言っていたのを思い出す。

いつもからかうような態度でやって来て、色々と知りすぎているせいで苦手だったけど。

そもそも、助けてもらってばっかなんだよな。それに生徒に対してちゃんと向き合ってるし、気に掛けてくれているみたいだ。色々あって苦労したから、同じように悩んでる生徒に向き合ってくれてるのかな。

……苦手だって避けまくってしまって、失礼だったかな。

「話はこんな所かな。そろそろ予鈴がなるから、戻んなさい」

そう言って、話を締めた茜坂先生に、改めて向き直る。

「色々と教えてくれて、ありがとうございました」

「はいはい、どーいたしまして」

「……それと、」

「ん？」

「色々と助けてくれてんのに、避けまくって、すみませんでした」

その言葉に、茜坂先生はきょとんとした後、嬉しそうに笑った。

「あら、嫌だ、別に良いのに」

その姿を見て、やっぱ、思ってたより良い人じゃんと思う。

「ふふふ、ちょっと嬉しかったから、もう一つだけアドバイスね」

「はい」

「篠山君、特待生なんだから、校内での喧嘩はもっと気を付けた方がいいわよ。文化祭の時のあれ、バレなかったの、本当に運が良かったんだから」

その言葉にビシリと固まった。

ま、待て待て待て、黒瀬の時のあれ、何で知ってんの⁉

だらだらと汗が流れてくる中、どこか楽しそうに続ける。

「篠山君、元々普通の公立行く予定だったのをこの学園に替えたから、両親に金銭面で迷惑かけたくなくて、特待生やってるんでしょう。それなら、あんなことは駄目よー」

「……あ、あの、何で知ってるんですか？　喧嘩とか俺の家のこととか」

「ふふ、ひ・み・つ」

絶句して固まっていると予鈴が鳴った。

慌てて立ち上がる。

「じゃ、じゃあ、ありがとうございました！」

「はーい、勉強頑張ってねー」

逃げるように部屋を出て行く俺に楽しげに手を振るのを視界の隅で見ながら、保健室を飛び出した。

いけないいなと思いつつも、かなりのスピードで教室まで走る。

教室のドアを開けると、席替えでドアの近くの席になった黄原がこっちを振り返った。

「あー、篠やん、用事終わった？　ギリギリだったねー」

「……っ、」

「ん？」

「疲れた……」

「そっか、大変だったね、お疲れー」

黄原のねぎらいに生返事を返して、自分の席に着き、べちゃりと潰れる。

ああもう、やっぱり苦手だ、あの人！

女子との接し方には気をつけましょう

茜坂先生のありがたいアドバイスに震えあがった数日後。

俺は係の仕事をしながら考えこんでいた。

青木の置かれている状況を考えてみるに、必要なのは茜坂先生の言う通り、青木自身の自信だろう。

だけど。

「青木、これってどこにやったか分かる？」

「……はい……」

小さな声で返事をすると、素早く探してた資料を取ってきて、手渡してくれる。

「おー、ありがとうな。助かったわ」

「…………」

そう言うと、無言でペコリと頭を下げて、そそくさと作業に戻った。

うん、喋らない、逃げられる、会話が続かない。

倭村さんに聞くと、クラスでも常にこんな感じであるらしい。

前からこういう所がちょっと心配だったのだが、色んなことを知ってしまうと尚更である。

このままではどう考えてもヤバいし、どうすっかなー、と考えていると。

ガラリとドアの開く音がした。

振り返ると案の定桜宮が立っていた。

「あ、桜宮先輩、こんにちはー！」

倭村さんが明るく挨拶するのと一緒に、青木もペコリと頭を下げる。

「こんにちは、遅れちゃって、ごめんなさい」

「いや、掃除当番お疲れ様」

普段、荷物をまとめている棚の方に荷物を置きに行くと、いつもとは違って小さな包みを持って戻ってきた。

「えっと、クッキーを作ってきたから、良かったら食べてね！」

そう言って、真ん中に置いてある机にクッキーの包みを置いた。

それを見て、思わず、へぇ、と呟く。

以前、俺にばっかり食わせるので、他の人にも意見を聞いたらと言ったのだ。そうしたら、「……完璧になるまでは、篠山君に食べてほしいの！」と言われたのだが、もう満足できるものができるようになったんだな。

ちょっと感慨深く見ていると、倭村さんが歓声を上げた。

「わぁ、ありがとうございます！　お腹減ってたんです！」

食べるのが好きなのか、分かりやすく目を輝かせている倭村さんに、桜宮が慌てたように言った。

「あ、その、練習中だから、そこまで期待しないでほしいんだけど……、倭村ちゃんも、青木君も、いつも頑張ってくれてるから、お礼したくて。こんなんで悪いけど、良かったら食べてね」

照れくさそうに笑う桜宮に、倭村さんは嬉しそうにして、クッキーを摘んだ。

「えへへ、こっちこそ、ありがとうございます。それに、クッキー、すごく美味しいですよ！」

「ほ、本当？」

「はい！」

そうして、女子二人でほのぼのと和むと、桜宮は青木にも声をかけた。

「青木君も良かったら、どうぞ！　いつも色々と助けてくれて、頑張ってくれてるから、いっぱい食べて良いからね」

そう言って笑った桜宮に、青木はちょっと困ったような顔で俯き口を開いた。

「……大したこと、してないです……」

「そんなことないよ。いつも仕事丁寧だし、この前も、私がミスっちゃったページの修正やってくれたでしょ。青木君、すごいよ。ね！　倭村ちゃん！」

そう言って、倭村さんに話を振ると力強く頷く。

「はい！　クラスでも色々とやってくれてるじゃん。すごいなって思ってるんだよ」

急に誉められて驚いてる青木に、チャンスだと思って俺からも口を挟む。

「そーだぞ。いつもすっげえ頑張ってくれてて助かってんだから、これ以上俺らのハードルを上げにいかないでくれよ」

皆からそう言われて、青木はようやくクッキーをおずおずと摘んだ。

俯いた顔は仄かに赤い。

「えっと、美味しいです」

「うん、そう言ってくれると嬉しいな。……なんか感謝の印なのに、こんなんでごめんね」

「もう！　桜宮先輩！　そんなこと無いです、すっごく美味しいです！」

「えへへ、ありがとう、倭村ちゃん」

本当に珍しく青木が輪の中に入っているのを微笑ましく見ながら、俺もクッキーを摘む。

ちょっと形がいびつで、端が焦げかけだけど、味は美味しかった。

最近のお菓子の中でもかなり美味くできている。

お菓子作りの腕前の成長を感じながら味わっていると、桜宮が俺に近付いて来て、声をかけられた。

「篠山君、どう？」

「いや、上達したな、お前。美味いぞ、これ」

「本当⁉」

頷くと、嬉しそうに笑う。

その時、ピーとコピー機の音が響いた。

「あ、コピー終わったな」

「作業やらなきゃだね」

二手に分かれて、作業を開始する。

本当になかなかの桜宮のグッジョブに、いっしょに大量のコピーを仕分け中の桜宮に思わず語りかけた。

「もう、お菓子の毒味は卒業だな」

おめでとうと続けようとしたところで、桜宮がバッと顔を上げて驚いた顔をした。

「え、何で⁉　……何か、駄目だった？」

何故か泣きそうな顔で、そう呟く桜宮に慌てて口を開く。

「いや、完璧になるまでは俺に食べてもらうって言ってたじゃん。青木達にもごちそうしてたし、かなり美味くなったから、毒味は終わりなのかな、と」

そう言うと、何故か困ったような顔をした。

「違うの。えっとね、お菓子作りはまだ全然自信が無くて……」

言葉を探すように口ごもった後、口を開く。

「……えっと、青木君を元気付けたかったの。この前とか元気無さそうだったから。ちょっとしたことでも誉めてもらったり、お礼言われたりすると嬉しいし、自信になるでしょ。既製品とかよりは、手作りの方が心がこもってて良いかなと思ったの。……やっぱり、綺麗で美味しいって感じにはいかなかったけど。……だから、また、食べてほしいと言うか……」

何故か段々と声が小さくなっていく。

だけど、俺はその言葉とさっきのクッキーを思い出して、思わず桜宮の頭に手を乗せていた。

びっくりしたように顔をあげる桜宮の頭をそのまま撫でる。

「クッキー、お世辞とかじゃなくて、すっげえ美味かった。それに心がこもってたから、青木があんなに嬉しそうにしたんだよ。最近色々と頑張ってるし、ちゃんと自信持って良いと思うぞ。……すごいな、お前」

最後にポツリと呟いた言葉は心からの感嘆だ。

俺が事情を知っているから、俺がどうにかしなくちゃと、ちょっと思い込んでたけど。

さっきの桜宮と倭村さんを思い出す。……それと、茜坂先生の言葉も。

もっと周りに頼って良いし、周りもどうにかして良いと思ってるのだ。

それを桜宮に思いきり気付かされた。

前は思いきり暴走気味だったけど、最近しみじみ思う。

やっぱり、良いヤツなんだよな、桜宮。

会った頃には、まだヒロインとかそういう思い込みがあったから、こんなに普通にコイツのことを見られなかった。

そんな風に色んなことを考え込んでいたが、ふと桜宮の顔を見て、固まる。

桜宮は尋常じゃないほど真っ赤になって固まっていた。

あれ、思わずワシワシと頭を撫でてしまっていたけど、よく考えなくても駄目じゃないか、これ。

そう言えば、この前の顔合わせの時にポンポンと頭を叩いた時も割とオーバーリアクション気味だったけど、……結構嫌だったか。

つーか、これ、ひょっとしなくても、セクハラか⁉

慌てて、手を桜宮の頭からどけて謝る。

「悪い！　つい、撫でちゃったけど、嫌だったか？」

そうするとようやくフリーズから少し解けて、口を開く。

「いや、全然嫌じゃなかったよ、むしろ……」

まだ真っ赤な顔のままで小声で呟くが、全然聞こえない。

桜宮？　と呼び掛けると、慌てて再度口を開いた。

「あ、ううん、何でもないの。えっと、本当に、全然嫌ではなかったから！　……取り敢えず、作業に戻ろっか」

その言葉で、作業を再開するが……。

二人の真ん中に置いてあるコピーの山に手を伸ばす。

近くに置いてあるプリントを取ろうとした時に、軽く手が触れるとバッと飛び退かれた。

「……えっと、悪い」

「いや、違くて……、気にしなくて良いから、ごめんね！」

その後も、話しかけたり、手が触れそうになる度、似たような反応が返ってきた。

……うん、気安く女子に触れるのは控えよう。

＊＊＊

……うう、どうしよう。

さっきから自分の反応がおかしいのは自覚しているが元のように戻せない。

篠山君への気持ちに気付いた時ばりに挙動不審だ。

この前、青木君の様子が変だったことで、彼のイベントの内容を思い出した。

青木君は、本当に無口で内気な男の子だ。

そして、厳しいお父さんの言葉や周りの態度のせいですっかり自信を無くしていた。

それに目をつけられて、生徒会に入れなかったことを逆恨みする馬鹿ボンボンが陰で青木君に無理な要求などをしたりしていたのだ。

彼のルートでは、ヒロインと出会ったことで自信を取り戻した青木君が、ちゃんと自分の意志を主張し、その馬鹿をやっつけるのだ。

その馬鹿のことは覚えていたけど、まさかこんな前から色々やってきてると思ってなくて、係の仕事が始まった当初は思いきり篠山君のことと青木君と倭村ちゃんの関係に頭が行ってしまっていた。

倭村ちゃんは、青木君ルートのライバルキャラで、明るく元気で青木君に片想いしている可愛い女の子だ。

二人とも身長があまり高くないから、二人が並ぶと本当に可愛くてお似合いなのだ。

そんな訳で、事情が分かってるからにはほっとけないと、ゲームでのイベントを思いだし、クッキーを作ってきて、青木君に渡し、日頃の感謝を伝えてみたのだ。

ゲームのヒロインは料理上手ですごく綺麗で完璧なクッキーを渡していたけど、作るのは私なのでやっぱり不恰好になってしまって、ちょっと不安だった。

だけど、感謝を伝える時に倭村ちゃんの気持ちも伝えられるように話を振れたし、まあ、ギリギリセーフかなと思っていたのだけど……。

さっきの篠山君の手の感触を思い出し、思わず顔を手でおおう。

隣の篠山君がびっくりしたように私に呼び掛けたのに、何でもないと返すけど、本当は何でもある。ありまくる。

好きな人が優しそうに笑って、頭を優しく撫でてくれたのは嬉しくて幸せで、でも、恥ずかしくて、顔が真っ赤になってしまった。

しかもさっき、撫でるのを止めた篠山君に思わず、もっと撫でてほしいとか変なことを口走りかけたし……。

なんかもう、作業のことも、本来の目的だった青木君のことも考えられない。

……ああ、もう、どうしよう。……篠山君の馬鹿。

片想い仲間を手にいれました　～桜宮視点～

篠山君への気持ちに気付いて、どれくらい経っただろう。

最初はとにかく駄目駄目だったけど、反省して頑張って、ちゃんと話せるようになって、同じ係に立候補して、ちょっとは、うん、ほんの少しは進んだと思う。

だけど、

「桜宮、部活関係の書類ってどこに置いた？」

「ひゃい！」

「ど、どうかしたか？」

「いや、大丈夫、だいじょ……、痛っ！」

「うわ、すごい音したぞ!?　足、机にぶつけたか？」

「へ、平気平気！　ごめんね！」

ここ数日、思い切り後進してます……。

いや、原因は分かってる。

この前、篠山君が、私の頭を撫でて……。

また、あの時の篠山君の優しい笑顔と手の感触を思い出す。

一瞬で顔が熱くなって、叫び出しそうになり、それを抑えるために頭をぶんぶんと振る。

うん、やばい。ちょっとどころじゃなく、かなりやばい。

でも、でも、しょうがないと思うのよ！

だって、私、前世から乙女ゲームとかは大好きだったけど、実際の恋愛とかは全然してなくて、篠山君は前世と合わせても初恋の人なのだ。

そんな人からの、頭撫で撫で。ちょっと私には刺激が強すぎます。

でも、ちょっと私の行動怪しすぎるし、このままじゃまた篠山君との距離が開いちゃうよね。

……どうしよう。

そんな感じで挙動不審なまま、悩んでいると、小さな声が掛けられた。

「……すみません、篠山先輩。……案内係の方にこの書類持ってくのと、ついでに職員室にこのコピー提出してくるので、付いてきてもらってもいいですか？」

青木君が手伝いをお願いするのは珍しい。篠山君もちょっと驚いたような顔をしたが、ニカッと笑って了解と言った。

二人が部屋を出てって、ちょっと気が抜けて、息をつく。

篠山君と一緒に作業するのは、嬉しいんだけど、ちょっとここ数日は心臓によろしくなかった。

でも、青木君が篠山君を頼ったのは、良かったなあ。

最近、篠山君がよくちょっとしたことでも、褒めて話しかけるようになったからかな。

青木君が自信なさげに否定するたびに私や倭村ちゃんも巻きこむから、ちょっと困惑ぎみなんだけど、俯きながらもちょっと嬉しそうだったし。

ゲームでも、人一倍気遣いの出来る子だったけど、人に頼るの度下手だったからなあ。

でも、すごく挙動不審なせいで心配掛けちゃってたからありがたかったかも。

そんなことを思った時、あることに思い当たり、固まる。

えっと、私は今日思い切り、篠山君に対して挙動不審で、そうしたら、青木君が珍しく篠山君にお手伝いを頼んで……。

うん、完全に気を使われた。

いや、実際ちょっと落ち着きたかったからすごくありがたいんだけど、……すごくいたたまれない。

ちょっと自分の駄目さ加減に思わずため息をつく。

すると、同時に私の後ろからもため息が聞こえて思わず振り返る。

倭村ちゃんとばっちり目があった。

「あ、えっと、すみません！　お腹空いちゃって。桜宮先輩もですか？」

そう言って、えへへと笑うがそれにしては深いため息だった。

「えっと、私は自分の駄目駄目さにちょっと落ち込んでたというか……」

そんなことを気にしつつ返事をしたからか、思いっきり後輩にいきなり話すようなことじゃない返事をしてしまう。

うう、何で私はいっつもやらかしちゃうの。

「え、全然そんなこと無いですよ！　桜宮先輩、いつも優しくて可愛いですし」

案の定、ちょっと困った顔をしつつも、私を励ます言葉を言おうとしてくれる。

うん、すごく良い子だ。ありがとうとごめんねと言ってその話を遮ろうとした時、

「それに篠山先輩とも仲良くて、お似合いですし！」

「え、あの、その……」

その言葉で、ちょっと固まった。

「え、あれ、桜宮先輩、篠山先輩のこと好きですよね。二人とも、優しくてお似合いで。……うらやましいなあと」

じわじわと赤くなる頬を押さえる。

ああ、もう私単純だなあ。お似合いという言葉で落ち込んでたのが嘘みたいに嬉しくなってしまった。

えへへと笑いながら、口を開く。

「ありがとう。あ、でも、倭村ちゃんと青木君もお似合いだよ」

「いや、えっと、違います！」

慌てたように否定する倭村ちゃんをちょっと微笑ましく思いながら続ける。

「隠さなくっても大丈夫だよ。倭村ちゃん、よく青木君のこと見てるし。二人ともすっごく良い子で、お似合いだと思うよ」

倭村ちゃんは赤くなって、私のことを見つめたと思うと急に泣きそうな顔になった。

その変化に驚いて、慌てた私に泣きそうな声で呟く。

「……違います、お似合いなんかじゃないです。だって、青木君、私のこと嫌ってる……」

「え⁉」

その言葉に驚いた。

青木君が倭村ちゃんのこと嫌ってるなんて、今までそんな感じしたこと一度も無かったし、ゲームでも元気な倭村ちゃんに戸惑っていたが嫌ってるなんて描写は一回も無かった。

おそるおそる口を開く。

「私は、そんなことないって思うけど、どうしてそう思うの？」

倭村ちゃんは俯いて、ぽつりと呟いた。

「……中等部の入学式の時に迷ってたの助けてもらって、仲良くなりたいなと思ったんです。でも、困ってるの気付かずに何回も話しかけたり、あと、下の名前好きじゃないの知らなくて、下の名前で呼びたいって言ったりしちゃって」

「名前？」

そう言えば、ゲームのイベントでも昔からかわれてあんまり好きじゃないって言ってた気がする。

こくりと頷く。

「綺麗な字で素敵だなって思ったんです。でも、青木君困った顔するようになっちゃって。……でも、諦められなくて、三年生で同じクラスになれたから、同じ係に立候補してみたんですけど。やっぱり、全然駄目で。いっつも困った顔させちゃうんです」

いつも明るく元気が良かった倭村ちゃんのこんな弱音は意外で。

ゲームでもこんな感情は描写されてなかった。

だけど……。

俯いちゃった倭村ちゃんの手を握ると驚いたように顔を上げた。

「一緒だよ」

「え？」

「私も倭村ちゃんと一緒で、ううん、倭村ちゃん以上に最初にやらかしちゃって、多分めちゃくちゃ嫌われてたと思う。正直、普通に接してくれてた篠山君本当にお人好しだなって思うし」

突然の私の話に倭村ちゃんは目を白黒させている。

「だけど、好きになって、反省して、頑張ってみようって思ったの。今でもしょっちゅうやらかしては挙動不審になって、迷惑掛けちゃうけど、諦めたくないの。だから、倭村ちゃんも頑張ろう！絶対大丈夫だから！」

自分でもちょっとびっくりするくらい熱くなっているが、恋する乙女の不安は一緒なのだ。好きな人に嫌われてないか悩むその気持ち、すっごく分かる。

でも、倭村ちゃんなら絶対大丈夫だと思うんだ。可愛くて良い子で、もう青木君と二人で並ぶと見てるこっちがキュンキュンしちゃうくらいお似合いだし。

それに、ゲームの青木君も自信を持てるようになったら、気にしないって言って、下の名前を呼んでと言うようになるんだから。

倭村ちゃんは驚いた顔で固まっていたが、私の言葉にこくりと頷いた。

ようやくちょっと冷静になって距離を置く。

「と、取り敢えず、私は挙動不審を直せるようにを目標にしたいと思います」

そう言うと、倭村ちゃんは楽しそうに笑った。

「確かにそうだけど、ちょっと面白いと思いますよ！」

「そんなこと思ってたの⁉　で、でも、こうね、頭撫でられたりしたらドキドキしちゃうじゃない！」

「え、そんなことがあったんですか⁉　良いなあ……、うらやましい。どういったシチュエーションで⁉」

「えっと、この前作ってきたお菓子褒められて……」

「そっか、お菓子作り！　女子力！　……私、お菓子作り苦手なんですよ」

「あ、私もすごい苦手なんだけど、友達に教えてもらって練習中なんだ。……良かったら、今度一緒に練習しない？」

そう言うとぱあっと顔が明るくなった。

「良いんですか!?」

その嬉しそうな笑顔を見て、思わず頭を撫でる。

ちょっと待って、サイズ感かな、それともコロコロ変わる表情？

顔合わせの時から思ってたけど小動物感すごい、可愛い！

「桜宮先輩、髪ぐしゃぐしゃになっちゃいます！」

「あ、ごめん、つい」

「友達もそんなこと言って、同じことするんですよ！　……でも、片思い同盟として許してあげます！」

むーっと膨れた後、にこっと笑ってそう言った。

うん、前々から思ってたけど、確信した。ライバルキャラ可愛すぎる！

同じ片思いだけど、気を抜いたらあっと言う間に置いていかれるなあ、これ……。

うん、挙動不審本当に頑張って抑えよう。

マドレーヌは美味しいです

「おし、大丈夫そうだな。お疲れさん」

珍しく青木に頼まれて行った職員室で、紫田先生に作った書類にＯＫをもらってホッとする。

うん、これで係の仕事の山は越えたなあ。

「それにしても、思ったよりも早いな。流石流石」

「優秀な後輩も頑張ってくれてますからね。差し入れもくれない先生と違って」

「だー、もう、悪かったって。今日はちゃんと持ってきてるよ」

「おっし！　何ですか？　どの位の量？」

「……お前なあ。ひいきって言われるかもしれねえから、あんまり大きな声で言うんじゃねえぞ」

そう良いながら見せてくれたのは、色んな種類の入ったマドレーヌの詰め合わせだった。

やりっ、美味そう。うん、しつこくねだってみるものである。

隣の青木も箱の中を覗きこんでちょっと目を輝かせている。

その時、奥の方から声が掛けられた。

「すみません、紫田先生、ちょっといいですか？」

「はい」

紫田先生は箱をさりげなく隠すと声を掛けてきた先生に向き直る。

「あ、すみません、生徒と話し中でしたか？」

忙しそうなので、用事が終わったところです」

「あ、いえ、一旦、引こうと思ってそう言うと、その先生がおっと呟く。

「あ、じゃあ、悪いがこれを戻してきてもらえないか？」

手に持ってたファイルを押しつけられ、思わずうっとなる。

人使い荒いなこの先生！

その先生の背後で紫田先生が手振りですまん、後で持ってくと伝えてきたのを見て、大人しく頷く。

「わかりました。どこの資料室ですか？」

「お、ありがとうな。西棟の三階のところだ」

げ、作業に使ってる教室と反対方向、ついてねーな。

そんなことを思いながらも頷き、青木と共に資料室に向かう。

「運悪かったたな、青木」

「……いえ」

「戻ったら、紫田先生の差し入れで休憩しようぜ。お前、マドレーヌ何味が好き？　先に選ばせてやるよ」

「……いえ、大丈夫、です……、ありがとうございます……」

そんなこと言ってるうちに資料室に着き、棚の番号を見て元々の場所を探す。

そんなに量も無いし、青木と二手に分かれていたので、すぐに俺の分が終わった。

青木はどうかなと振り返るとまだ二、三冊のファイルを持ってじっとしていた。

ややこしい表記だったりしたのかなと、手伝おうと思って声を掛ける。

「青木、俺の分終わったからそっちのも手伝うわ」

「あ、すみません。……大丈夫です」

声を掛けるとハッとしたように顔を上げ、目の前の棚にファイルを戻した。

一瞬で終わった片付けに、どうしてじっとしていたのかと内心で首を傾げていると、青木がぽつりと呟いた。

「……あの、最近、俺のことよく持ち上げてくれますけど、……変な気を使わなくて大丈夫です……。俺としゃべっても楽しくないと思いますし……」

突然の言葉に俺は思わず、

「何で？」

と返していた。

いや、これは周りの馬鹿のせいで思い込んでしまっている青木の本音で、もっと慎重に言葉を選ばなきゃいけないとは思ったんだけど。

そこまで自分を卑下する青木にぽろっと本音が出ちゃったのである。

青木は更に俯いて、小さな声で続けた。

「……しゃべるの遅くて、ノリ悪いですし……」

「その分ちゃんと考えて喋ってんじゃん。何にも考えずに無神経なこと言うヤツより、よっぽど良いと思うけど」

「……ひょろくてチビで女顔で、なよなよしてるし……」

「いや、まだ成長期完全に終わってないよな。顔はいわゆるイケメンで正直うらやましいぞ。つーか、人の身体的特徴からかうとかマジで無いから」

「……えっと、名前変だし……」

「いや、変ではないと思うぞ。多分、親からもらった大切な名前とかは言われ慣れてると思うから言わないけど、取り敢えず、そういうのからかうヤツは、お前が本気で嫌と思ってるのに気付かない、気遣いも出来ない本気のアホだって言っとく。俺は普通に綺麗な字だと思うぞ」

思ったことをそのまま返していくと、青木がぽかんとした顔をした。

苦笑して、口を開く。

「んーと、そんだけか？　なら、全然良いって。明らかに押しつけられた仕事なのに、しっかりやってくれるし、気遣いもできるし、俺は結構良い奴だと思うぞ。だから、そう言うこと言われて、お前が変に遠慮する必要無いと思うんだけど。……それに、周りにもお前のこと良い奴だって思ってるヤツ、ちゃんといるはずだから」

押しつけられたプリントに真っ先に気付いて心配してた倭村さんを思い出して付け加える。

青木は何とも言えない表情をしていたが、また、俯いて口を開いた。

「……でも、」

「取り敢えず！」

何か言う前に無理矢理割り込んだ俺に青木が顔を上げる。

「俺はそういうの一切気にしないってこと！　もし、お前が気になるなら、克服の練習になるし、しばらく嫌でも顔合わせせんのだから、変な謙遜とか無しに俺と普通に喋ってくれると嬉しいってことだ！」

勢いよく言い切った俺に、青木が再びポカンとした顔で無言になる。

うーんと、ひょっとしたらやらかしたかも。

家とか昔からの環境で自分に自信が持てないって、かなり難しい話だし。

それを上から目線で、色々と。……うん、やばいかも。

固まってしまっている青木におそるおそる声をかける。

「えーと、取り敢えず、戻るか」

「……はい」

やらかしてしまったかもしれないと思ってるからか道のりがやけに長く感じる。

どうしようかなと考えていると、後ろからやけにハイテンションな声が掛けられた。

「あ、篠やんだ！　お疲れ〜！」

振り向くと案の定、いつもの三人が立っていた。

「お疲れ様です。仕事中ですか？」

「そうだぞ。友達に見捨てられて、悲しく作業中だ」

「……いや、あれはしょうがないだろ」

「何がしょうがないんだよ」

「はい、はい、悪かったな。何か飲み物おごるぞ」

「あ、やりっ。ついでに、桜宮と青木と倭村さんの分も」

「了解」

よし、マドレーヌと一緒に飲むもの得したな。

青木を振り返って尋ねる。

「青木、何が飲みたい？」

「……えっと、大丈夫で……」

「いや、遠慮しなくても良いぞ」

「そうそう、いつも頑張ってくれてる後輩君でしょ。お疲れ様でおごるって」

「それに、ジュースおごるくらい気にするような感じでもありませんしね」

皆に言われて、押されたような感じで頷いた。

うん、気まずい感じがコイツらのおかげで流れたな。ありがたいわ。

そう言えば、来年の生徒会メンバーの初顔合わせになるのか、黒瀬いないけど。

うん、こんな感じなら大丈夫そうだな、頑張れ。

そんなことを思いながら自販機に寄って、なんとなくそのままのメンバーで作業室に戻ると中で女子二人がキャアキャア盛り上がっていた。

扉を開けると桜宮が大げさなほどにビクッとなって振り返る。

「あ、お、お疲れ様、篠山君」

「お疲れー。……別にちょっとサボってたくらいで怒んねーぞ」

「あはは、お疲れ様です！」

やたらと楽しそうな倭村さんの挨拶にお疲れと言っている間に、何故かやたらとワタワタしてた桜宮が落ち着いたようで俺らの後ろを見て首を傾げた。

「あれ、どうしたの、黄原君達」

「お疲れ～、桜ちゃん！　篠やんに飲み物おごったついでに付いてきちゃった。桜ちゃん達の分もあるよ！」

「あ、そうなの？　ありがとう。お代いくらだった？」

「良いって～、可愛い子に貢《みつ》がさせてよ！」

「あはは、じゃあ、ありがとうね」

そんなやり取りをしていると倭村さんが首を傾げていた。

「……えっと、桜ちゃんって桜宮先輩のあだ名ですか？」

「あ、うん、そうだよ。黄原君が付けたんだ」

倭村さんは目をキラキラさせて、口を開いた。

「可愛い！　可愛いですね、そのあだ名！　私も桜ちゃん先輩って呼んで良いですか？」

桜宮はちょっと笑いながら、良いよと頷いたが、黄原はものすごく照れたような嬉しそうな顔になっている。

まあ、俺達は拒否はしないけど、喜びもしなかったもんな、黄原のあだ名。

貴成なんて最初に赤っちって呼ばれた時は完全に無視したし。

「本当？　可愛いと思う？」

「はい！　私、そんな感じのあだ名好きなんです！」

「……そっか、じゃあ、倭村さんだったよね。じゃあ、倭むらん、って呼んでも良い？　あ、青木君は青っちで！」

何故か調子に乗り始め、青木にまであだ名を付け出した。

青木は巻き込まれると思っていなかったのかオロオロとしている。

「黄原、調子乗りすぎ。青木が困ってんだろ」

「……あ、いえ、大丈夫、です……」

「本当？　ほら、青っちは大丈夫だって！　倭むらんもこれでいい？」

「はい！　可愛いです！」

うん、撤回させる機会を逃したな。

……でも、まあ、倭村さんは喜んでるし、青木も戸惑ってはいるけど嫌がってはいないようだからセーフか。

倭村さんに「青木君、青っち呼びは大丈夫？」と尋ねられても、特に困った顔はせずに頷いてるし。

「……そっか。青木君、そういうの苦手かなって思ってたから、なんか嬉しい！」

「……うん、下の名前は苦手だけど、……こういうのは、慣れてないけど、嫌じゃない……」

そう言った青木に倭村さんが少し寂しそうな顔をして、小さく何か呟いた。

「ん？　倭村さん、何か言った？」

「あ、いえ、何でもないです！」

慌てて否定する倭村さんに桜宮が元気付けるように口を挟んだ。

「えっと、言っても良いと思うよ！　倭村ちゃん！」

その言葉で、何の話だろうと青木も倭村さんの言葉を待ち始め、倭村さんはオズオズと小さな声で話し始めた。

「……えっと、そのね、もったいないなって思ったの。青木君の名前知った時から、綺麗な名前だなって。優しい青木君に合ってて、良いなあって思ってたから」

その言葉に青木はちょっとびっくりしたような顔をしたが、小さな声でありがとう、と返した。

その後、桜宮と小さな声で喋りながら、楽しそうにじゃれあい始めてしまった倭村さんを横目で見ながら青木に小さな声で言う。

「……ほら、居ただろ？　青木のこと良いやつって思ってるヤツ、周りに」

青木はちょっと赤くなりながら俯いて、小さな声で何か呟いた。

「……桜宮先輩が、篠山先輩のこと好きな理由、なんか分かる気がする……」

聞き取れなかったので何だろうと聞こうとしたタイミングで教室のドアが開いた。

「ん？　なんか、人数増えてんな、足りるか、これ？」

どうやらさっき言ってたように、紫田先生が差し入れのマドレーヌを持ってきてくれたらしい。

「あ、僕達の分はいいですよ。これ以上、邪魔するのも悪いですし」

「いや、別に食べてきゃ良いじゃん。せっかくの紫田先生の奢《おご》りだし。んで、食べた分手伝ってって」

「はい、分かりました」

「了解～！」

「……何すれば良い？」

「うわー、美味しそうです！」

「あ、本当に豪華。ありがとうございます、紫田先生」

そんな感じでワイワイやってると、青木が俺に小さな声で話しかけた。

「……あの」

「ん？」

「…………俺、苺味が良いです」

ちょっと、恐る恐るのその言葉、本当に珍しい自己主張である言葉に、ニカッって笑って頷いた。

幼なじみは結構めんどい

「よっし、終わりと」

そう呟いて、持っていたプリントを置き、軽く伸びをする。

近くで作業していた青木が小さく、お疲れ様です、と言ってくれたのに、ありがとなー、と返す。

うん、最近、なんか良い感じなんじゃないだろうか。

係の仕事も山場を越えたおかげで大分楽になり、気楽な感じになっている。

それに何より、青木の変化だ。

前は本当に全くと言っていいほど喋らなかったのに、最近は先程のようにちょっとしたことで声を掛けてくれるようになった。

倭村さんもクラスの方でもちょっとずつ喋るようになってきていて、話しかけるとお喋りしてくれるし、アイツらに理不尽なことを要求されても断るようになってきたと、とても嬉しそうだった。

そんな感じで最近は少しほのぼのしている。

何だかんだと、攻略対象者関係で今までいろいろとあったからなー。

だけど、最後の攻略対象者である青木が良い方に向いてきたことで打ち止めだろう。

うん、平和で平凡な日常、良い物である。

だけど、

「……二年生になったら、またなんか変わるのかねー」

思わず呟くと青木がこちらを見た。

「あ、いや、もう冬休みも近いし一年が大分過ぎたなと思ってな」

「……そうですね、早いです……」

「係終わっても青木になんかあったら相談に乗るぞ！」

「……えと、あ、ありがとうございます……」

そう言ってちょっと俯きながらも嬉しそうに笑った青木は、男の俺からしても顔が良い。これはモテるわと納得せざるを得ない。

友人達を思い出しながらしみじみと呟く。

「青木もファンクラブとかあったりすんのかねー」

「……ファンクラブ、ですか？……」

青木は困ったような顔をしながら、口を開いた。

「……えっと、そういうのは俺なんかには……あり得ないと思います……。それに……、ファンクラブって確か赤羽先輩くらいしか無い、ですし……」

「えっ、マジで⁉」

貴成に入学早々にファンクラブができたせいで、攻略対象者ヤベぇと思っていたけど、ヤバいのは貴成か！

つーか、女嫌いなのにアイツだけとか気の毒に……。

「うわー、マジかー、え、何で？」

思わずそう呟いてると青木は律儀に答えを返した。

「……えっと、確かですけど……、赤羽先輩の婚約者さんがいるので、……より規模が大きくなったらしい、です……」

「……え？」

青木の言葉に思わず固まった。

「え、えっと、青木、もう一回言ってもらっても良いか？」

「え、えと、……より規模が大きく……？」

「いや、そのちょっと前」

「えと、……赤羽先輩の婚約者さんが……」

「はあ⁉」

え、何それ、ちょっと待て、俺聞いたことねえんだけど⁉

幼稚園以来の十年以上の付き合いのある幼なじみのまさかの情報に、俺はコピーに行ってくれてた桜宮達が帰ってくるまで固まり続けたのである。

係の仕事を終わらせた後、即行で帰った俺は自分の家には帰らず貴成の家に来ていた。

いつもは貴成と一緒に来たり、裏口の方をノックして軽い感じで開けてもらったりだが今日はあえて滅多に使わないでかい表の門のチャイムを鳴らす。

すぐによく会う年配のメイドさんが出てくれて、インターフォンの画面で俺を見るなり、不思議そうな声を出した。

「あれ、正彦君じゃないですか。どうしたんですか、わざわざ正面玄関の方から？」

「あはは、ちょっと事情がありまして。上がってもいいですか？」

「勿論。正彦君が来たのに家に上げなかったりしたら、坊ちゃまに叱られてしまいますよ。坊ちゃまは上にいらっしゃるので今呼んできますね」

「あー、いえ、呼ばなくっていいので取り敢えず上がってもいいですか？」

「そうですか？　じゃあ、門を開けますので入ってきてください」

そう言うとガチャリと音を立てて門が開き、俺が通るとまた勝手に門が閉まり鍵のかかる音がした。

門から玄関までの間も結構遠く季節に合った草花が咲き乱れている。

……いつも、軽ーい感じで遊んでるけど、本当に住む世界が違うんだよな。

玄関を開けようとすると、中からメイドさんが出てきて、ドアを開けてくれる。

「いらっしゃいませ。……リビングの方にいらっしゃいますよ」

「あー、はい、ありがとうございます。おじゃまします」

上にいるって言ってたけど下りてきたのかな。

そう思いながら、リビングの方に向かうと、楽しげな笑い声が聞こえた。

そこにいた人物が振り返って、にこりと笑う。

「あら、正彦、お帰りなさい」

「……あー、母さん、また、遊びに来てたんだ……」

なんとなく脱力してそう呟くと、案内してくれたメイドさんが不思議そうにした。

「あら？　正恵《まさえ》さんにご用があるんじゃなかったんですか？　坊ちゃまは呼ばなくて良いと言われたので、てっきり」

「あら、母さん、アンタになんかしちゃったかしら？」

「正恵さんは天然だものねえ」

貴成の母親である恵美《めぐみ》さんがころころと笑う。

俺の母さんは正恵と言い、二人は俺が幼稚園の時にお迎えで知り合ったのだが、同じ字が入っているというので初対面で盛り上がってからとても仲が良い。

「いや、母さんは関係ないよ。ちょっと、貴成に奇襲かましたくて」

「……うちの息子が何かしちゃったかしら？」

「いや、大したことじゃないんで」

「ふふふ。アンタが帰ってくるってことは、もうこんな時間か。先に帰ってるから、ケンカするにしても夕飯までには帰ってきなさいね」

「あら、もう帰っちゃうの？」

「ええ、今度はうちに来てね。頑張ってケーキ焼いてお出迎えするわ」

「勿論よ、楽しみにしてるわね。そうそう、旦那さんにもよろしく言っておいてね。あんまり構ってくれないって、うちの夫がすねっちゃって」

「あらあ、あの人ったら。お酒控えるって言ってたけど、ちょっとは付き合ってあげればいいのに」

帰ると言いつつ、また話が盛り上がってきてるのを尻目に貴成の部屋に向かう。

一応ノックしつつも返事を聞く前にドアを開けて、口を開く。

「幼なじみつってても住む世界違うからしょうがないかなーとちょっと切なくなってたけど、やっぱりこんだけ家族ぐるみで仲が良くて、高校同じ所が良いっていうお前の我が儘のためにいろいろと頑張った幼なじみに教えてくれねえの酷くないか⁉」

「いきなりなんの話だ。それと、ノックしても返事する前に開けたら意味が無いだろ」

「安心しろ、わざとだ！　それと、喉渇いたからなんか飲み物無い？」

「どこに安心する要素が……」

呆れ顔でそう言いながらも、くつろいでいたベッドから起き上がり、部屋にある小型冷蔵庫からお茶を出してついでくれた。

どうもと言ってお茶を飲みほすなり、貴成が口を開いた。

「……で、本当に何の話だ？　お前にそんなふうにキレられる心当たりが無いんだが」

「そうっ、お前、婚約者なんていつの間に出来てたんだよ！　俺一切聞いてなくて、青木に聞いて驚いたんだけど！」

そう言うと貴成はちょっと驚いたあと、納得したように頷いた。

「ああ、その話か。違うぞ」

「え、いや、お前のファンクラブやってるっていう婚約者さんがいるって聞いたんだが……？」

「ああ、婚約者じゃない」

さらりとそう言う貴成の言いぶりは嘘を言ってるようではなく、徐々に寒くなるような心地で恐る恐る尋ねる。

「違うってことは、つまり、同じ学校にお前の熱心なファンかつ婚約者を騙《かた》っちゃうような痛いヤツがいるってことか？」

ヤバくない？　え、怖くない？

「いや、そういうことでもないな。と言うか、そんなんだったらとっくの昔にキレてるし、違うって周知させてる」

「……そーだな」

うん、コイツはそういうたぐいの馬鹿に対してはびっくりするほど沸点が低い。

「えー、じゃあ、どういうこと？」

「お前が言ってるのって月待《つくまち》のことだろ？　月待麗《れい》。頼まれたんだよ、本人に。俺のファンってことにしてもいいかって」

「はい？　女嫌いのお前が？　そんなこと言われて頷いたの？」

貴成は小さくため息をつくと話し始めた。

「月待は昔からパーティーかなんかがあると顔合わせるヤツでな。他のヤツは親からなんか言われてんのか毎回しつこくなんか言ってくるんだが、月待はいつも必要最低限の挨拶だけしてくるヤツで、嫌いじゃなかったんだよな。たまに話すとサッパリしてるし、普通に親切で真面目なヤツだし」

「え、珍しい！」

昔からパーティーとかあるとすごく不機嫌になっていたが、そんな子もいたのか。

そう言えば、暁峰さんとか、染谷とかも、いつもサッパリしてるからか、嫌がることってないよな。

「入学する前に会食で会ったときにな、珍しく熱心に話しかけてきて。何でも高校生になるに当たって、そろそろ婚約者をっていう話になってきたんだけど、本人は面倒くさいらしくてな。俺のことは月待の両親が気に入ってるから、俺のファンだからそういうのはしばらく待ってと言ってしまったらしい。だから、迷惑かけるかもしれなくてごめんなさい。だけど、高校のうちは平和に過ごしたいから許してくれないかって頼まれたんだよ」

「あー、なるほど」

気難しそうに見えるが、無理に関わろうとしたりせず、真剣に頼まれたりしたら、結構頷いてくれるのである。

「……じゃあ、何で婚約者って話に？」

「俺があいう場所で女と長く話すとかないからそういう噂になったらしい。それで、入学してから俺のファンって周りに話したら、何故か話が盛り上がってファンクラブ的なものになってたと入学してすぐの時に謝られたぞ。……まあ、月待の気持ちは分かるし、特に害はないから放っておいてる」

「なるほど、納得したわ。お前、意外と優しいもんな」

「どうも。……と言うか、母親同士があんだけ仲良いんだから、そんな話になったら確実におばさんからお前に話がいくぞ。それに、お前に言わないとか絶対無いし」

「それもそうだな。悪かったな、いきなり」

「いや、平気だ。……それより、住む世界が違うってどういうことだ？」

「……あー、言葉の綾的な？」

「言っとくけど、そんなこと言われたら俺の家族全員嘆くぞ。母さん、おばさんのこと親友って言って憚《はばか》らないし、父さんはなんかある度におじさんに愚痴りに行ってるじゃないか」

「悪いって」

結局、始めにポロッと言った一言で思い切り拗ね始めた貴成をなだめるはめになり、母さんがご飯出来てるわよとわざわざ呼びに来るまでそれは続いた。

「へ～、昨日そんなことあったんだ～。……と言うか、篠やん、知らなかったんだね、あの噂。有名なのに」

「まあ、皆知ってると思ってわざわざ篠山に言いませんしね。その手の話は赤羽に振ると嫌がられるから振りませんし」

「あー、それでか」

「本当だったら、言うだろ。普通に」

「はいはい、悪かったってば」

翌日、学校で黄原達にその話をすると普通に知ってたらしく、むしろ何で知らないのと微妙な顔をされた。

おまけに、また、貴成がグチグチ言い始め、やらかしたなと思いながら謝る。

話を逸らそうと周りを見渡すと、桜宮と目が合う。

「あ、桜宮、おはよう！」

「おはよう、篠山君！」

貴成達のおかげか嬉しそうに笑って近寄ってくる。

露骨に話を逸らした俺に貴成は半目になるが、桜宮におはようと言われて普通におはようと返した。

本当に前と違って普通になったなあと思いつつ、ぼんやりしていると、視線を感じた。

振り返ると開いていたドアから女子がこっちの方を見ている。

この面子の中の誰かのファンだろうな、大変だなと思って、普通に会話に戻った。

もうちょっとしっかりしてほしいです

余ったパンフレットなどを詰め込んだ段ボールを倉庫にしまう。

大きく伸びをして、呟いた。

「終わったーー」

「……えと、お疲れさま、です……」

俺の後ろにいた青木が律儀にぺこりと頭を下げながら返事を返してくれた。

今日は前々から準備していた校内見学会の日だった。

短い冬休みが始まって早々に呼び出されて、朝から笑顔を貼り付けて外部受験の生徒達の案内をしたのだ。流石に疲れた。

「うん、青木もお疲れ。これで後は、入試の案内とかだけだな。放課後居残り解消だ」

色々とやることの多い係だが、入試の案内や入学式などは学校でしっかりとやり方が決められているため、係の山場は校内見学会である。

これでもう、放課後に何日にもわたって残ったりする必要はない。

「……はい、ちょっと、寂しくなります……」

小さくそう呟いた青木に思わず目を瞬かせる。

「あ、いえ、……その、篠山先輩達と色々と喋りながら作業するの、楽しかったから……、つい……。俺のせいで、今日の打ち上げの予定も急にキャンセルになってしまいましたし……」

今日少し打ち上げのようなことをしようと言っていたのだが青木に今晩急に予定が入ってしまったようで中止になったのだ。見学会が始まる前にスマホで通話してた青木がすまなさそうにそう告げてきた。

少し気まずそうにそう言う青木の肩をポンッと叩く。

「可愛いこと言ってくれるね、先輩冥利につきるわ。おし、冬休み終わる前に一旦お疲れ様会やろうって言おうと思ってたんだけどそれは俺がおごってやろう。桜宮の方も片付け終わった頃だし、スケジュールのすり合わせしようぜ。始まる前、ごたごたしててやれなかったんだよな」

「あ、えと、……ありがとう、ございます」

嬉しそうな顔になった青木を微笑ましく見ながら、近くの教室で同じく片付けをしていた桜宮達に声をかけた。

二人にお疲れ様会の話をすると二人とも嬉しそうな顔をする。

「本当ですか！　絶対やりたいです！」

「そうだよね、やりたい！」

「おし、いつぐらいにする？　俺は大晦日にちょっと父さんと母さんの実家に顔出すくらいだけど」

「あ、ちょっと待って、スケジュール帳見てみる」

桜宮がそう言ってカバンの中を探り出すが、ちょっとして首を傾げる。

「あれ、ここに入れたと思ったんだけど……」

カバンをひっくり返しそうな様子であさったがやはり見つからないようだ。

「大丈夫ですか？　桜ちゃん先輩」

「うん、ごめんね。ちょっとＬＩＮＥで親に直接確認してみる」

「まあ、そのうち見つかるって」

「うん、そうだよね。おかしいなあ、終業式の朝までは絶対ここにあったし、その後は触ってないと思うのに」

そう言って首を傾げながら、呟く。

相も変わらず少しそそっかしいなと思いながら、みんなでスケジュールのすり合わせの続きをした。

まあ、そんなこんなで祖父ちゃん祖母ちゃんに会ってほのぼのとしたり、打ち上げやって楽しそうな後輩達にほっこりしたり、貴成のところの新年パーティーに顔出してみたり、久々に中学の時の友達と遊んだり、いつものメンバーと遊びに行ったりしていたら、短い冬休みはあっという間に終わってしまった。

今日はもう眠たい目をこすりながらも新学期の始まりである。早い。

まあ、今年は平穏無事にいってほしいものである。

「うわー、新学期の始まりって、すっげえ眠い。冬休みやっぱりもう一週間はいるって……」

「お前、冬休み中なにかしらの用事で動き回ってたから、あんまり変わらないだろ」

「いや、だからいるんだってもう一週間」

「俺はもういい。新年パーティーだの顔出しだの面倒なことこの上ない。学校始まったら、学業を言い訳に断れる」

「お疲れー。金持ちは金持ちで辛いな。それ、宿題とか大丈夫だったか？」

「あの程度ならそう時間はかからんぞ。一日で終わった」

「……へえー、なるほど」

「そう言うお前は？」

「るっさいな。お前と違って毎日コツコツやってなんとか終わらせましたー」

「ああ、なるほど、お前らしいな」

そんな感じで貴成といつものように駄弁《だべ》りながら教室に入る。

短い冬休みでは周りもそう代わり映えしない、と思ったら何故か桜宮が涙目になっていた。

「……はよー。どうかしたか？」

「あっ、おはよう、篠山君！　えっと、生徒手帳が無くて……」

「あー」

納得の相槌が出る。

うちの学校では始業式などの区切りのところで持ち物検査や服装検査をする。生徒手帳はチェック対象だ。

普段はわりと緩いのだが、この時だけは厳しくて怖い先生が担当なので、皆気をつけるのだ。

まあ、黒瀬はガン無視らしいが。

確か、桜宮も一回やらかして半泣きになってた気がする。また、やらかしたのか。

「忘れたのか？」

「ううん。始業式とか絶対持ち物検査やるから、忘れないように学校に置いといたはずなのに何でか無くって」

「ええ、持ち帰ったの忘れてるとかじゃなく？」

「ううん。定期とかの学割でいるのに使った後、学校が開いてる時間に自分の机に置きにきたから絶対あるはずなんだけど」

「え、わざわざ置きにきたのか？」

「だって、前やらかした時、先生すごく怖かったんだもん！　忘れない自信無いし！」

そう言って、すでに涙目だ。

それにしても、それなら何で無いんだろ？　部活とかで机動かしたときとかに、他のヤツの机に紛れ込んだとかか？

でも、うちの学校やたらと立派な部活用の建物あったはずだよな。部活見学した時に感動した覚えあるし。結局、やりたいこと色々あるからのんびりでいっかで部活入んなかったが。

うーん、分からん。

「まあ、近くの席のヤツに紛れ込んでないか聞いてみて、無かったら諦めるしかないんじゃねえ？　確か事務室に言って再発行してもらえたはずだろ」

「……だよねえ。ううー、やだなあ」

「まあ、気の毒だから、あとでなんか甘いもんでもおごってやるよ」

「えっ、本当！　やったあ！」

途端に嬉しそうになる桜宮を見て、ちょっと呆れる。

そういや、打ち上げの時もやたらと嬉しそうに甘いもん食ってたなあ。好きなんだな、食べるの。

「でも、気をつけろよ。前もスケジュール帳無くしたとか言ってなかったっけ」

「……あ、うん」

そう返事してちょっと目を逸らす。

「ん？　どうした？」

「いや、その、他にもなんかペンとか資料集とか無くしてて」

「マジか。お前、それ大丈夫なのか？　嫌がらせとかで物隠されてるとか無い？」

「ううん、大丈夫、それは無いと思う。最近、色々あってぼーっとしてる自覚はあったからなあ。気を付けるね」

そう言ってあははと笑う桜宮にため息をつく。

まあ、本人こんな感じなら本当にただのうっかりか。なんか今まで色々あったからか思わずそっち方向に思考がいってしまったが、まあ何事も無いなら何よりである。

「あ、おっはよー！　篠やん、桜ちゃん！　ひっさしぶり～だね！」

「はよー、ちょっとテンション落とせ、うるさい」

「ひどい⁉　だって久しぶりでテンション上がるじゃんか！」

「数日前に一緒に遊んだだろうが」

「あはは、黄原君、おはよう」

「うん、おはよう。あれ、赤っちは？」

「あー、あっちで白崎と喋ってる」

「じゃ、あっちにも挨拶してくるね～」

黄原のちょっとうざめのテンションに、ああ学校始まったなあとしみじみしてるとチャイムが鳴り、始業式のために急いで体育館に向かった。


放課後、掃除当番で庭の掃除をしていた。

こういうのが始まると本格的に休みが終わってしまったなぁという感じがする。

冬の庭掃除は寒いので皆作業が早い。さっさと終わらせて、ゴミ捨てを俺がやって流れ解散だ。

ゴミ捨て場につくと、ゴミが変な風に積み重なってこちらに崩れそうになっていた。

多分、前に捨てたヤツが適当にゴミを放ったのだろう。

しょうがないなとゴミ捨て場の扉を開けて、ゴミを奥の方に置き直しているとゴミの底から深い紺色が出てきた。

制服と同じ色に金色で校章が刻まれたそれはどこからどう見てもうちの学校の生徒手帳だ。

嫌な予感を感じながら、それを拾い上げ、なぜか足跡のついた表面を払う。

中を開くと、そこにあったのは『桜宮　桃』という名前だった。

思わず深いため息が出る。

「どこが大丈夫なんだよ、あの馬鹿」

どうやら、新年早々にトラブル発生である。

今朝の大丈夫だよと笑ってた桜宮を思い出し、苦々しく眉をひそめた。

次の日、登校してきた桜宮を人通りの少ない廊下に呼び出し、昨日見つけたものを手渡した。

足跡がついて、見るからに薄汚れた生徒手帳に桜宮が目を見開く。

「昨日、ゴミ捨て場に落ちてたのを見つけた。……多分、見るからに嫌がらせだと思う。それで、悪いが何か心当たりはあったりするるか？」

衝撃を受けてる桜宮を刺激しないようになるべく穏やかな声でそう聞く。

桜宮は汚れた生徒手帳を見つめたまま、首を横にふった。

さっきから、顔を上げようとしない。

やっぱり、朝にいきなり言ったのは失敗だったな。こんなことされてたって気付いたらショックだろう。

多分、事情を言ったら保健室で休ませてもらえるだろう。茜坂先生はクセはかなり強いがこういったことにはかなり親身になってくれるはずだ。

そのことを言おうと口を開き、

「い、イベントみたい……！　本当にあるんだこんなの」

桜宮のいかにも感動したと言う感じの呟きに口を閉じた。

「……桜宮さん？」

「あ、ごめん！　なんか現実感無いというか、ゲー、……前に見た漫画の嫌がらせのシーン思い出しちゃって、思わず。本当にやるんだね、こんなの」

あまりの緊張感の無さに思わず脱力した。

「で、でも、何でなんだろ？　ゲ、……前に見た漫画だとファンクラブが犯人だったけど、今は狙われるようなことしてないしなあ」

　心底不思議そうに首をひねっている。

「……まあ、取り敢えず、結構悪質な嫌がらせっぽいから気をつけろよ。今日も体育とかあったから教室にはなるべく物は置かないで鍵のかかるロッカーに入れといた方が良いと思う。置き勉とかも止めた方が良い。あと、香具山さん達に相談して、放課後とか一人にならないように気をつけた方が良いんじゃないか」

「う、うん、ありがとう」

「それと、もうちょい色々気にしろ。本当に、マジで」

「うん、ごめん……」

＊＊＊

　教室に戻って、篠山君に言われたように、置き勉していた教科書とかをロッカーに持っていこうとすると声を掛けられた。

「多いな。手伝おうか」

　振り返ると赤羽君でちょっと意外で目を丸くする。

　私が固まってる間に赤羽君は教科書を持って廊下に行ってしまった。慌てて後を追う。

　私のロッカーの前で待っていてくれていた。

「鍵は失くしてないか？」

「あ、うん、大丈夫」

教科書を持たせているので急いでロッカーを開け、ロッカーの中のスペースをあける。

必死で作業をしていると、ポツリと声が掛けられた。

「正彦から聞いた」

「……あ、うん」

「……大丈夫か？」

静かな問いかけに私は思わず、さっきから思ってたことを彼に伝えた。

「す、すっごい、びっくりした！　絶対、私のうっかりかと思ってた。こんなことあるんだね！」

「……本当に？」

ちょっと眉をひそめて、心配そうに問いかける赤羽君に力強く頷く。

「いや、だって、最近、篠山君と係が一緒だとか、打ち上げ何着てこうとか、勉強頑張らなきゃとかで頭いっぱいだったから。割と素で色々やらかしてて」

そう言うとさっきの篠山君みたいに呆れたように半目になった。

なんか色々と申し訳ない。

「でも、今までは気付いてなかったにしても、今日言われて気付いたらショックは受けただろ。無理にそういうの隠さなくて良いと思うぞ」

「あ、うん、ちょっとショックだったし、怖かったんだけど……」

イベントそのまんまの汚れた生徒手帳に思考が飛んだのである。いや、本当に嫌がらせイベントの実写という感じだった。まあ、靴箱汚されたりはしてないけど。

そのせいで一気に現実感を感じられなくなったのも大きいが、それより何より。

「し、篠山君が本気で私のこと心配してくれたの嬉しくって、そういうの飛んじゃって」

私の言葉を聞いた赤羽君はため息をついて呟いた。

「お前、本当に阿呆だな」

「……ご、ごめん」

「まあ、心当たりあったなら相談しろよ」

その言葉にそうだよなあと内心で呟く。

ゲームだと犯人は赤羽君のファンクラブだったのだが、現在の私は赤羽君にアプローチをかけていたりしない。

それに好きなのは篠山君だし。

そこまで考えて、はっとした。

ひょっとして、犯人は篠山君のこと好きな子⁉

いや、だって、本当に優しいいし、格好良いし、絶対篠山君のこと好きな人いるよ、絶対。

でも、いくら好きだといってもこんなのは無い。

「桜宮、そろそろチャイムがなったから教室戻るぞ」

こんなことするような子、絶対篠山君に似合わない。

「桜宮?」

確かに前の私も大概だった。だけど、絶対こんなことする子には負けない。負けられない。

「おい、桜宮、聞いてるか？」

「絶対渡したくないから、頑張らないと！」

「なんの話かは知らないが教室戻るぞ」

「……あっ、ごめん」

しごく冷静な赤羽君の突っ込みに一瞬で我に返った。

不穏な気配です

桜宮の生徒手帳を拾ってから数週間後、お茶を忘れてしまい購買に買いに行った時に明るく声を掛けられた。

「やっほー、篠山、おっひさー」

「あー、染谷か。久しぶり。珍しいな、普段弁当じゃなかったっけ」

「うん、今日は寝坊しちゃって。お金勿体ないんだけどね。それより」

声を潜めて、いかにも不機嫌そうな顔で、聞かれる。

「桃のあれ、どういうこと？」

「ああ、聞いたのか。多分俺も桜宮が話したことくらいしか知らねーぞ」

「そっか。まあ、そうだよね」

「悪いな。それより、ちょっと聞きたいんだけど、桜宮どんな感じだ？」

最初はあんな感じで思わず脱力してしまったが、あんなことされて大丈夫な訳ないのである。

俺もちょくちょく気にしているが細かい嫌がらせは続いているようだし、桜宮に聞いても大丈夫だよとしか言わないから無理してないか心配なのだ。

聞くと染谷はちょっと目を逸らして呟いた。

「変なスイッチ入ってる」

「は……？」

「いや、あの子の言う通りなら、私が篠山に色々もらったりしてる時になんかあったと思うんだよね。だけど、あの馬鹿達大人しくなったら嫌がらせもほとんど止んだし、手口も違うし、違うと思うんだけどね」

「ごめん。何の話？」

「いや、こっちの話。それよりも、篠山が桃のこと気に掛けてあげててよ。前に私が言ったように、誰かのお節介って力になるし。それに篠山からだと尚更桃は嬉しいだろうし」

最後の言葉はにやっと悪戯げに笑って、染谷は手を振って去っていった。

よく分からないが取り敢えず今のところは大丈夫なようである。

だけど、早く解決するのにこしたことはないだろう。

ため息をついて教室の方に向かおうとしたところでにこやかに笑って手を振る保健医を見て、くるりと方向転換した。

「あら、ひどい。かおるちゃん傷付いちゃうわよ？」

「絶対、あんたはそんなタマじゃない。あと、付いてこないでくれませんかね」

「あはは。可愛ーわね。ちょっと話があるだけよ、桜宮さんのことで」

思わず立ち止まるとにっこり笑う。

「やっぱりお人好しが服着て歩いてるような篠山君は首突っ込んでるわよね。ちょっと彼女面倒なことになってるのよね。篠山君は赤羽君のファンクラブのこと知ってるでしょ。あれに目を付けられてるのよ」

「えーっと、月待さんのファン発言で話が大きくなっちゃった例のあれ？」

「そうそう。そんな感じだからあんまり統率とれてないみたいで一部の過激な人達が暴走してるっぽいのよねー」

その言葉を聞いて思わず頭を抱えてしまった。

うわー、マジかい。昔からそういうのちょくちょくあって貴成が知る度に女嫌いが悪化しているのである。

正直、イケメンで金持ちでチートな感じに何でもできる幼なじみがあんまりうらやましくない原因である。

いや、本当に面倒くさいもん。端から見てるだけでモテすぎんのも全然良くないんだなと思わざるを得ない。

まあ、女子のほとんどがあっちに行っちゃうのに文句がない訳では無いけどね。良いんだよ、友達はいっぱいだから！

「うわー、めんどくせえ……。つか、何でいきなり」

「最近、桜宮さんと和解したでしょ。普段から女嫌いで女子とは全然喋らない赤羽君が以前にアプローチを繰り返してた桜宮さんと普通に話すようになったっていうのが原因みたいね。二人の関係が進んだのかって焦っちゃったみたい。……まあ、篠山君達と同じクラスの人にちゃんとした情報網はってたら、そういうのやらかさないと思うのに、間抜けというか馬鹿というか」

「へ？　ウチのクラスのヤツだとなんかあるんですか？」

「……あー、うん、自分で気付きなさい。本当にもう」

よく分かんない発言に思わず質問してみると呆れたように微笑まれた。

さっきの染谷といい何なんだ。

「えーっと、じゃあ、犯人に目星はついてるってことですね」

「うーん、それは微妙で。何というか、月待さんがファンクラブの色々をかばってるみたいでね。具体的に誰がみたいな情報あんまり無いのよ」

「え」

貴成にファンと公言して良いかと頼みこんだという話を思い出す。

そのせいで婚約者という噂が立ってしまったと言っていたが、もしそれが自分の立てた噂だったら？

自分の立ち位置をしっかりさせて、周りの女子にライバルを潰させるということも考えられるのか？

そんなことを考えていたら、ため息をつきながら茜坂先生が口を開いた。

「でも、月待さんはそういうことやるタイプじゃないと思うのよね。だから、本当に色々と情報が手詰まりで」

「え、それは確かに？」

「そうよ。会ったら分かると思うんだけど、本当に真面目で風紀委員とか向いてそうな子なのよね。よく体調不良の子の付き添いで保健室に来るわよ。周りからも頼りにされてるみたい」

そういや、その子のこと昔から知ってる貴成も嫌いじゃないって言ってたな。

うーん、ちょっと怪しいけど違うのか。分かんないな。

「まあ、私が知ってるのはこれくらいね。早く戻んないとお昼食べる時間無くなっちゃうわよ」

「あ、はい。ありがとうございます」

そう言われて時計を見ると思ったよりも時間が経っていた。

急いで教室に戻るといつもの面子が俺に気付いて、手を振ってくる。

「お帰りなさい。遅かったですね。混んでましたか？」

「いや、ちょっとな」

「ご飯先に食べ終わっちゃったよ〜。デザート皆の分もって持たされたから、これ篠やんの分」

「サンキュー。……これ、ゲテモノではないヤツ？」

「俺らが食った限りでは大丈夫だった。お前の分は知らん」

「最近は姉ちゃんあんまりやってこないから大丈夫だと思う、かな、うん」

そんな感じで喋りつつ弁当を急いで食べながら、ふと尋ねる。

「なあ、貴成。月待さんってどんな子？」

貴成は不思議そうな顔をしたが、素直に話し出す。

「真面目なヤツだと思うぞ。親に言われて始めた習い事は全部究めてるらしい。それと、相手の家とか見た目とかで態度を一切変えたりしない所には好感がもてるな。俺と話す時も変にベタベタしようとしたことは一度も無いし、以前体調が悪かった時も早く抜けられるように気遣ってくれたぞ。基本的に親切で、感じも良いな」

「……普通に良い子そうだな」

「そうだと思うぞ。月待だから、あの話も普通に了承したんだ」

うーん。茜坂先生が言ってたこととあんまり変わらないな。じゃあ、本当に普通の良い子なのか。

「どうしたの～急に月待さんのこと聞いて」

「いや、前に婚約者云々の時で名前は聞いたけど、そう言えばあんまり見たことないなと」

「あんまり男子と関わったりするタイプじゃないそうですもんね」

その時、教室のドアが開く音がして貴成がちょっと驚いた顔をする。

「……タイミングが良いな。アイツだ」

その言葉にドアの方へ視線を向けると、いかにもお嬢様といった美少女が立っていた。

全体的に色素が薄く、透き通るように白い肌に茶色の目。柔らかそうな髪をハーフアップにしている、上品そうな女の子だ。

貴成に気付くとぺこりと会釈をする仕草もどこか洗練されている。

貴成が立ち上がって彼女の元へ歩いて行った。

「どうかしたか？」

「美術部のことで佐藤さんに連絡があるのですが、今は教室にいないでしょうか？」

「ああ、いないみたいだな。伝えておこうか？」

「ありがとうございます。今日の放課後の集まりは来週に変更になったと伝えてください。彼女のスマホが壊れているらしく、連絡が通じなくて」

「了解した」

「お願いしますね」

本当に伝達事項だけを述べるとまたぺこりと会釈をして去っていった。

「……前言ってた通りにしつこくしたりしないのな」

「だろ。正直本当に助かる。他の女子もあんなんなら良いのに」

ため息をつきながらの発言に苦笑いしながら返しつつ、あんだけ貴成に対して普通ならあの推測は違うかなと思った。

数日後、久々に成瀬先生に雑用を頼まれたせいで遅くなり、小走りで昇降口に向かっていた。

あの先生、優しそうな顔して本当に人使い荒い。

まあ、おわびと言ってもらったケーキは本当に美味しかったから良かったけど。

……あれ、俺、餌付けされてる？

そんなことを考えながら暗くなった昇降口にたどり着く。

部活がある連中も部活棟での活動のため、この時間は本当に人気がない。

自分の下駄箱に向かおうとしたところでウチのクラスの下駄箱の前から足早に去っていく人影が見えた。

外の電気に照らされて見えた横顔は、最近見た上品そうな女の子だ。

「ん？」

クラスの下駄箱の前に行ってみると、ひとつだけ半開きの下駄箱があった。

ロッカーも下駄箱も鍵をつけることができるが、面倒なのでつけてるヤツはあんまりいない。

桜宮は最近ロッカーの鍵はつけるようにしたようだったが、そう言えば靴箱のことは言ってなかったなと開いている下駄箱の名前を確認する。

案の定、そこには桜宮桃とあった。

「……だから、色々気にして気をつけろと」

思わずそんな言葉が漏れるが、それよりも。

「月待さんか……」

ちょっと気にする必要がありそうだ。

何だかちょっと懐かしい気分になりました

次の日、教室に着くと既に来ていた桜宮の所に向かった。

「あ、おはよう、篠山君！」

「……はよー、桜宮。あのさ、下駄箱にも鍵掛けた方が良いと思うんだけど」

「……あれ？　下駄箱って鍵付けられたっけ？」

「付けられます。お前、本当に今ちょっとヤバい状況なんだから気を付けろよ」

「ご、ごめんなさい。えーと、ひょっとして何かあった？」

ちょっと申し訳なさそうな顔で尋ねる桜宮にちょっと考える。

昨日の月待さんの行動は怪しかったが、桜宮の下駄箱は開いていただけで何かされていた訳ではなく、何かをした決定的な証拠は無いのである。

変なことを言って誤解を生むのはマズイだろう。

「昨日、帰る時にお前のだけ下駄箱の扉開いてたんだよ。一応何かされてないかは見たけど、靴隠されたりするのって嫌がらせの定番だろうが。自衛すんのは大事だと思うぞ」

「それ、凛ちゃん達にも言われた……」

「うん。絶対あいつらのがお前よりしっかりしてる」

「だよねー……。今日も放課後に皆用事あるらしくって、桃も早く帰りなさいって念押されちゃったの。同じクラスの友達にはその辺の相談あんまり出来てないしね。だから、早く帰って勉強しようかなって」

「あー、そう言えばSクラス入りたいんだっけ？」

「あ、え、知ってたの⁉」

何故か赤くなって慌てているが、そんな知られて困るようなことか？

「いや、それで香具山さん達と勉強会してるんだろ？　香具山さんから教えてもらったって白崎が言ってたぞ。染谷も俺と一緒でSクラス入らなきゃいけないもんな。お前ら仲良いし、来年同じクラスになれるといーな」

「あ、うん、そうだね……」

ちょっとだけ微妙そうな顔をしたが、次の瞬間、パッと顔を明るくする。

「あ、でもね、皆に教えてもらってすごく成績上がったんだよ。この前の期末とか結果見せたら、お母さん高級店のケーキ買ってきてくれたんだから！」

「つまり、今までそんなにヤバかったと」

「いや、ち、違わないけど！　つまりね、最近色々頑張ってて、変なこと気にしてる余裕は無いんだ。私のプライドにかけても絶対負けるつもり無いし。だから、大丈夫だよ。心配してくれて、ありがとう」

すごく嬉しそうに笑ってそう言った桜宮に、思わずため息をつきながら、頭をぐしゃぐしゃとかき回した。

「え、あ、あの、篠山君⁉」

「あ、悪い、つい」

前にやらかして反省したのについやってしまった。

多分前世の妹によくやってたからだろうな。思わず手が動いてた。

うん、マジで気を付けよう。

そんなことを考えながら、真っ赤になってしまった桜宮に謝った。


「寒っ！」

放課後、昇降口近くの植え込みの裏で俺のクラスの下駄箱を見張りながら思わず、そんな言葉が口から出た。

取り敢えず考え込むよりも、現場を見てしまえば早いと張り込むことにしたのだ。

貴成にはファンクラブの暴走らしいということは伝えてないので、また成瀬先生の手伝いだと言ってある。

言ったら滅茶苦茶ブチ切れるのはわかりきってるし、そうなると地味に面倒なのだ。

それに、陰で滅茶苦茶落ち込むのも知ってるしなあ。

中学での色々を思い出し、ため息をついたが、風が吹き思わず身を震わせる。

やっぱ、一月の夕方は寒い。日ももう落ちきっている。

もうちょっとしっかり準備整えてからやれば良かった。

もし何かしてるにしても昨日見つかりかけたから来ないかもしれないし。

……でも、桜宮のこと考えると早く解決させてやりたいしな。

コートの襟元をしっかりと整え直し、携帯で時間を確認する。

そろそろ昨日俺が帰ろうとしたぐらいの時間だ。

あと三十分くらい経って何も起きなかったら、今日はもう帰るか。

そんなことを思いながら昇降口の方を見ていると、部活棟の方から人が歩いてくるのが見えた。

もう少ししっかり体が隠れる位置に座り直し様子を伺う。

外灯に照らされた姿は柔らかい茶色のハーフアップの上品そうな女生徒。

間違いない。月待さんだ。

彼女は俺のクラスの下駄箱の前に来るとキョロキョロと周りを伺う。

やがて、持っていた鞄から何かを取り出し、誰かの下駄箱を開けようとしたが、開かなかったようで少し行動を止める。

その行動で桜宮の下駄箱だと確信した俺は植え込みから走り出す。

「おい、何やってんだ？」

月待さんが俺の声に弾かれたように振り返る。

このまま現行犯なら話が早いと彼女の持ってるものをひったくるように奪ったところで、思わず固まった。

油性ペンやゴミならいじめ確定だった。

だけど彼女が持っていたのは、『しつこい汚れも一拭きでスッキリ！　激落ちスプレー』と書かれたスプレーだった。

手に持ったものを見て固まってしまった俺を驚いたように見ていた月待さんは、強ばった顔でゆっくりと顔を上げ、固い声で切り出した。

「誤解をさせるような行動を取ってしまい、大変申し訳ありません。ですが、私は桜宮さんに嫌がらせをしておりません……！」

どこか怯えるような悲壮感たっぷりの様子でそう言った月待さんに深く頷く。

「……うん、そうだろうな」

この手に持っていたものはいじめに使うようなものではない。

むしろ逆だろう。

無理矢理奪い取ってしまった掃除用スプレーを見ながらどこか脱力した気分でそう答えると、月待さんは目を瞬かせた。

「し、信じてくれるのですか、本当に」

少し潤んだ瞳で感動したように見上げてくる美少女は大変に眼福なのだが。

ぞうきんを胸元で握りしめたこの状況で疑う方が難しいだろう。

うん、この子絶対桜宮並の天然だなー。

なかなかに謎な状況に、入学したばかりの時、黄原の奇行を見てしまったことを思い出しながら

ちょっと遠い目をして頷いた。

責任感が強いのは良いことだとはかぎりません

取り敢えず、近くの休憩スペースで座ってから落ち着いて話しをしようということになり、そこに移動する。

時間も時間のためがら空きなスペースに座ったところで、月待さんが自販機の方に歩いていった。

喉渇いてたのかなと思って待っていると、戻ってきた月待さんは俺の前に温かいお茶を差し出して「どうぞ」と言った。

驚いて月待さんを見ると真面目な顔で口を開く。

「さっきスプレーを私から取った時に触れた手がとても冷たかったので。体を冷やしすぎるのはよくありません」

そう言ってグイグイと俺の方にお茶を押しやってくるのに思わず受け取ると満足そうに笑った。

茜坂先生と貴成の言っていたことを思い出す。

本当に普通に気が利く良い子だ。

ありがたく温かいお茶を手を温めた後に飲んで一息つき、話を切り出した。

「えーっと、何であんなことしてたんだ？」

月待さんは姿勢を正し、しっかりと俺の目を見てから話し出した。

「まず篠山さんは知っているかもですが、自己紹介をさせていただきます。一－四の月待麗と言います。そして、私の不用意な発言のせいで発足してしまった貴成さんのファンクラブの会長のようなことをしています」

丁寧な自己紹介に俺も慌てて頭を下げる。

「あ、俺は……」

「一方的で申し訳ないのですが、昔から知っております。貴成さんはよくあなたのことを話されていたので」

あー、そういや、この子も貴成の幼なじみになるのか。

なんとなく不思議な気分になったが、少し話しづらそうに話し出した月待さんに思考を戻す。

「そしてファンクラブのことなのですが、実は私が会長のようなことをしているせいで一部の生徒が少し調子に乗ってしまったようで。貴成さんに近づこうとした生徒に嫌がらせを行ったりしているようなのです。どの生徒が行っているのかはっきり分かれば直接注意するのですが、何分成り行きで出来てしまった組織のため、誰が所属しているのかはっきり把握出来なくて。ファンクラブが何かをやらかしたと言うことだけが聞こえてきて」

そう言って深ーいため息を付く。

「せめて、嫌がらせの後始末だけでもしなければと思い、いままで被害にあわれた方が気付かないようにこっそり掃除などをしていたんです。大抵の方は貴成さんの冷たい態度にすぐに心を折られ近づくのを止めるため、嫌がらせも止まりあまりひどいことにはならずに済んでいたのですが。桜宮さんは以前の態度で目を付けられていたせいか、最近始まってしまった嫌がらせもひどくて。対処しきれず、このようなことになってしまっていたのです」

落ち込んだ表情でそう語る月待さんに思わず尋ねる。

「えっと、今まで嫌がらせの対処一人でやってたわけ？　どうやって？」

「貴成さんは大変目立つ方なので、誰が積極的に近づいているのかはすぐに噂になるんです。あとはファンクラブの人と話す時に話題に上がっている人に気を付けていれば対処が出来たんです。朝早くの登校や遅くなってしまう帰りは部活で言い訳出来ますし。ですが、嫌がらせを行う時間と私が片付ける時間が全く被らないせいでいつも後手にまわってしまいまして。私も部活や習い事があるものですからあまり多くの時間は割けず。結局誰がやっているのか特定出来ないままこんなに時間が経ってしまって」

しょんぼりと語るが、それはしょうがないだろう。

嫌がらせの対応のために自分の生活を後回しにし続けるのは難しいし、むしろ今まで一人で対処してきたのが偉すぎる。

つーか。

「えっと、何でそこまでしてたんだ？　月待さんの責任では全くないし、やるにしても誰かに協力を頼めばそこまで苦労はしなかったと思うんだけど」

その言葉に月待さんは視線を逸らし、小さな声で呟いた。

「そうしたら、貴成さんに伝わってしまうかもしれないじゃないですか……」

「え？」

「貴成さんに知らせたくなかったんです。自分のせいでそんなことが起きていると分かったら、とても嫌な気分になるでしょうから。無理なお願いを聞いてもらったのに、更に迷惑をかけるなんて出来ません。ですから、そもそもの発端になってしまった私が責任をとろうと思って」

そう言った月待さんに思わずため息をつく。

「……貴成に嫌な思いをさせたくないっていう気持ちは友達としてすっげぇ同意するし、感謝するけど。月待さんが一人でずっと頑張ってたっていうのも、アイツ絶対怒るぞ」

「え、えええ⁉　何でですか？」

「いや、だって月待さん、全然悪くないし。自分が関わることでひたすら誰かに迷惑かけ続けるくらいなら自分で対応するぞ、アイツ。だって、申し訳なさすぎるし。俺もちょっと突っ込みたい。一人で抱え込みすぎだって、それ」

「……そうでしょうか？」

首を傾げながら悩みこむ月待さんに深く頷く。

何というか疑ってしまっていたのが申し訳なくなるほど、真面目で真っ直ぐな子である。

ただ、天然かつ責任感が空回りしてそうなタイプだが。

「まあ、これからもこう言うの続けるなら俺も協力するし、最終手段として貴成の一喝というのもあるのも覚えといて」

ため息を押し殺しながら、そう告げる。

まあ、桜宮の嫌がらせ阻止としては空振りだったが、月待さんの行動が分かっただけでかなりの収穫だっただろう。

なんかこのまま一人でほっとくと桜宮ばりの暴走をしそうだし。

月待さんは俺の言葉に頷いたが、ふと思い出したように顔を上げた。

「すみません、一つお聞きしたいことがあるのですが。桜宮さんは今日学校で遅くなるような用事があったでしょうか？」

「へ？　いや、今日は早く帰るって言ってたけど」

俺の返事に月待さんの顔色が悪くなる。

「どうかしたか？」

「……下駄箱の換気用のスリッドから中の靴が見えたのですが、中に入っていたのは茶色のローファーのように見えました。ですので、まだ校内にいると思うのですが……」

最近の嫌がらせを思い出して、俺も顔色を悪くする。

「ファンクラブの人がいそうな所に心当たりは⁉」

「……よく集まる場所がいくつかありますので、そこを当たってみましょう」

そう言うと話す暇もおしいとばかりに駆け出す。

思ったよりも速い彼女を追って俺も走りだした。

とりあえず友情が芽生えたのはいいことです

「なんとか言いなさいよ」

その言葉と共にペットボトルの中身を掛けられた。

周りにいた子達もクスクスと笑ってそれを見ている。

「やだー、みすぼらしい」

「でもお似合いじゃない？　身の程知らずに赤羽様にすり寄る野良猫だし」

「そうよねー」

意地悪いクスクス笑いの広がる中、必死に口を開く。

「ねえ、だから私は赤羽君には……！」

「口答えしないでよ！」

今度は中身だけでなく、ペットボトルまでもが飛んできてとっさに顔をかばう。

そんな私を見て、また嘲笑がはじけた。

なんかもうどうしようもない状況に陥っている気がする。

現実逃避のように、何でこんな状況に陥っているのか思い出す。

今日は早く帰ろうと思ってたんだけど、先生に手伝いを頼まれて。

資料を準備室に運び、帰ろうとしたところでこの子達に近くのこの部屋に押し込まれたんだ。

凛ちゃん達の注意を思い出し、心の底から謝罪する。うん、警戒心足りてなかった！

この部屋は臨時でやってくるカウンセラーさん用の部屋で普段は使われてなく、加えて、相談用の部屋ということもあり防音設備もしっかりしているらしい。

この子達は赤羽君のファンクラブのメンバーであるらしく、どうやらゲームの赤羽君ルートそっくりの状況に追い込まれているらしい。

あまりにもそっくりの状況に怯えるよりもゲーム知識に頭が行ってしまうのが救いだろうか。

篠山君をめぐるライバルという訳ではなかったんだなあと思ってるうちに彼女達がヒートアップし、我に返った私がしゃべる度に色々とされて主張できていなかったが、誤解を解かないと本当にヤバいだろう。

「私は赤羽君のこと好きじゃないよ！　本当にただのクラスメートなんだってば！」

必死にそう言うと、彼女達の顔が歪んだ。

「何言ってるの？　アンタが入学式の直後から赤羽様にまとわりついてたの知ってるんだから！

一度は私達が色々としてあげたおかげで、身の程を知って止めたのにまた性懲りもなくすり寄って。

おまけに、赤羽様と仲良く話すようになったなんて生意気なのよ！」

「そうよ。私達だってあまり話してはいただけないのに！」

そ、それかあ！

うう、入学直後の私はヒロインなんだから暴走が後を引きまくっている。

それで、最近赤羽君と和解して篠山君のことを教えてもらうようになったのを誤解されてるのか。

何とか事情を分かってもらおうと口を開く。

「それは、誤解で！　私が好きなのは、赤羽君の友達のし、篠山君で。篠山君の話を色々と教えてもらってるだけで、赤羽君とは本当に何も無いんだって！」

ようやく伝えられたその言葉に、彼女達は嘲《あざけ》るように笑った。

「白々しいのよ。あんな地味な庶民を好きだなんて嘘をつくなんて」

「そうよ。分かりやすい嘘すぎるわ」

「赤羽様がいるのに、あんなヤツ好きになる訳がないじゃない」

は？　何言ってるのこの子達。

呆然としてしまった私に構わず、彼女達は話を続ける。

「でも、良いこと聞いたわ。あんたはそう言って赤羽様に取り入ったのね」

「そうね、赤羽様は優しいからあんなヤツと付き合ってあげてるんだもんね」

「私達もそうすれば、赤羽様の目に留まれるのね！」

その言葉に一瞬、思考が止まった。咄嗟に目に付いた床に落ちているさっき投げつけられたペットボトルを拾うと思いっきり彼女達に投げつける。

「きゃあああっ！」

「ちょっと、何するのよ！」

「これだから庶民は野蛮よね」

お前が言うなといった感じの発言を繰り返す彼女達に、思わず呟く。

「……けんな」

「は？　何言って」

「ふっざけんなーーーーー!!!!」

思いっきりキレた。

＊＊＊

「ここも空振りですか……」

「他に心当たりは⁉」

「……臨時のカウンセラールームで何回かお茶をしたことがあります！」

そう言って走りだし、たどり着いた教室のドアの隙間からは明かりがもれ、そして鍵が掛かっていた。

月待さん曰く普段は掃除当番の子が掃除をするとき以外は閉まっていて、居心地がいいからと掃除当番の子が鍵を返す前にお茶をしたらしい。

つまり、こんな時間にこんな風ってことは……ビンゴ！

「月待さん、ここの鍵どこにあるのか知ってる⁉」

「おそらく職員室……、いえ、近くの掃除用具入れに隠してあります！」

「何でそんな所に⁉」

「いえ、以前の掃除当番の方が鍵を無くしてしまい新しい鍵を作ったそうなのですが、作った後に見つかり、言い出すのも面倒で掃除用具入れに隠したそうなのです」

「何で、そんなの知ってんの!?」

「それをやったの学園を二年前に卒業された従兄弟なんです。以前、親族の食事会で酔ってポロッと」

「なんか言いたいことは色々あるけど、今はナイス！」

職員室よりもずっと近くだ。

しゃべりながらも掃除用具入れまで走り、扉を開けると月待さんが「確かこのあたりと……」と呟きながら奥の隙間に手を突っ込み、鍵を取り出した。

二人して急いでカウンセラールームまで戻り、鍵を開けて中に飛び込んだ瞬間。

「だからね、あんたらみたいなのがいるせいで、赤羽君は完全に女嫌いを拗らせてるんだよ！」

何故かびしょ濡れになりながらも、犯人であろう女生徒達を圧倒する勢いでキレてる桜宮がいた。

どうやら俺たちが扉を開けたのにも気付いていないほどキレている桜宮は尚も続ける。

「つーか、さっきから何言ってんのよ。あのね、すごく格好良いんだから！　本当に優しくて、頭良くて、運動神経だって良いし、性格も良いから友達もいっぱい！　あんたらがそんな風に言っていい人じゃないいんだから！　つーかね、あんたらのふざけた言動に付き合ってる暇は私には全く無いんだから！　本当に色々やらかしちゃったから、このままじゃ彼女なんて厳しすぎると思うし！

私はあんたらと違ってちゃんと頑張って、努力して、釣り合いたいの！　誰がなんと言おうと、私はちゃんと……」

そう叫ぼうとした時に月待さんが、扉にぶつかり音を立てた。

桜宮が音に気付いて振り返り、一気に顔色を赤くする。

「きゃあああああーーーー!!!!　何でいるの!?　いつから、いつから聞いてたの!?」

「いや、ついさっきから……」

「どの言葉から!?」

「え、えーと、あんたらのせいで貴成が女嫌い拗らせてるの辺り?」

そう言うと何故か愕然とした顔で後ずさる。

「……嘘でしょう。告白はちゃんとロマンチックに綺麗に決めたかったのに……」

本当に泣きそうな顔でへこみだした桜宮に状況が分からず思い切り慌てる。

そんな風に大騒ぎしている俺らに構わずカウンセラールームに入っていた月待さんが静かに切り出した。

「貴方達でしたか……」

突然の乱入に顔色を青くしていた女生徒達が慌てて口を開く。

「いや、あの、私達、赤羽様のために……!」

「他の生徒に対する嫌がらせが貴成さんのためになると?　勘違いなさっているようですが、貴成さんは昔からそういった行為を心から嫌っていますよ。貴方方の醜い嫉妬を貴成さんのせいにしないでください」

「でも、あなただってむかつくでしょう⁉　あなただってファンクラブなんてやってるじゃない！　いつも済ましてて、動こうともしないから、私達が代わりにやってあげたんじゃない！」

その言葉に月待さんがすっと目を細める。

「私は貴成さんに迷惑をかけるつもりはありません。それに、自分の好きな人には桜宮さんのように自分で好意を伝え、努力していきたいと思います。どうか一緒にしないでくださいませ」

静かな、だけど冷たい怒りが伝わってくる。

みっともなくわめき続ける馬鹿と違って、月待さんは背筋を伸ばし、とても上品に真っ直ぐ立っていた。

さっきの天然の入った女の子とは思えない気迫に馬鹿どもがようやく押し黙った。

月待さんはこちらを振り返り、ずぶ濡れの桜宮を見て表情を曇らせると、深く頭を下げた。

「桜宮さん、ご迷惑をおかけしたようで、本当に申し訳ありません。今回のことは私が責任を持って学園に話させていただきます」

「そんな！」

後ろの馬鹿どもが騒ぐが俺がじろりと睨みつけると押し黙る。

桜宮は驚いた顔をしていたが、何かを思い出したように慌てだした。

「いえ、大丈夫です！　あんまり大事になると月待さんにも変な噂が立ってしまいますので！」

桜宮の発言に眉をひそめる。

多分転生者の桜宮のこの発言ってことは、馬鹿どもは心の底からどうでもいいが、ひょっとして本当に月待さんの噂が立ってしまうのだろうか。

「今回のことで一番傷付いたのは桜宮さんでしょう。それにずっと前からこう言ったことが起こりかねないのを知っていたのに対応を間違えた私の責任もあります。桜宮さんのことは大して広まらないように念押しさせてもらうので大丈夫ですよ」

とても生真面目にそう言い切る月待さんに桜宮が慌てる。

正直馬鹿どもがどうなろうが知ったことじゃないが、月待さんに被害が行くとなると止めた方が良いだろう。

「一応、被害を受けた本人がいいって言ってるなら、あんまり大事にしない方がいいんじゃないか？」

「ですが……」

「さっきも言ったけど月待さんは抱え込みすぎだって。素直に桜宮の言葉に甘えたら？　責任感が強いのは良いことだけど、月待さんはちょっと行きすぎ」

俺の言葉に激しく頷く桜宮を見て、月待さんは頷いた。

後ろで固まっている馬鹿どもに向き直る。

事態が自分達に有利なように運んだのを見て顔色を明るくしてる彼女らに近づくと、小さな声でぽつりと呟いた。

「言っとくけど、貴成にはしっかり伝えさせてもらうからな」

「え……！」

「当たり前だろ。校内にこんな頭のおかしいやつらがいるなんて、知らせとかなきゃ危なすぎだし。二度と顔も見てもらえなくなるだろうけど、そっちのがお前らも諦めが付くんじゃねえ？」

泣き出しそうな顔になっている彼女たちに更に続ける。

「この対応は月待さんと桜宮のためであって、お前らのためでは全く無いから。次やったら、学園に報告程度じゃ済まさねえからな」

幸いあの恐怖の保健医やキレるとヤバいと評判の貴成の親父さんなどちょっとヤバ目なツテはあるのだ。

使うかどうかはこいつら次第だが、釘をさしておくに越したことは無いだろう。

怯えたように逃げていくのを見送り、今回も何とかなったかなとため息をつく。

「あ、あの、篠山君」

桜宮に呼ばれ振り返ると、顔が真っ赤になっていた。

目を泳がせながらも、ポツリポツリと話し出す。

「そのね、さっきのことだけど……。あんな感じでぶち切れながらの発言だったけど、嘘じゃなくって、全部本気の言葉で、その……」

さっきの発言を思い出し、なるほどと頷く。

「大丈夫、貴成に言ったりしないから。告白はロマンチックにいきたいいんだもんな」

俺の言葉に桜宮が固まった。

「え、いや、違う」

「え、じゃあ、アイツら?」

正直、さっき桜宮が語っていた完璧超人なんて攻略対象者であるアイツらくらいしか思いつかないんだが。

ちょっとオーバーな所もあるかもだが、まあ、それは惚れた欲目もあるだろう。

「えっと、すっごく本気なの伝わってきたから、気持ち言いふらしたりしないぞ。誰が相手でも応援するから!」

俺の言葉で表情が完全に抜け落ちた。

「……応援…………、篠山君は私が好きな人と上手くいくと嬉しいの?」

「ああ、勿論! 友達だしな!」

そう言い切ると何故か深く俯いて固まってしまった。

ちょっと焦っていると、やがてやる気に満ちた顔を上げる。

「篠山君! 私頑張るから。私の好きな人に気にしてもらえるように。笑顔で友達扱いされたりしないように頑張るから!」

「あ、うん。頑張れ!」

何故かやけくそになったように笑っている桜宮に、月待さんが静かに声を掛けた。

「すみません。もう遅いですし、そのままだと風邪をひいてしまいます。私が部活で汚した時の交換用に置いてある制服をお貸しします。家の車も呼びますので、そのままお送りしますよ。篠山さんはどうぞお先にお帰りください。ずっと困っていたことに決着をつけるお手伝いをしてくださってありがとうございました」

そう言って深々と頭を下げる月待さんに俺もつられて頭を下げる。

「いや、俺も大したことしてないんで。じゃあ、二人とも気をつけて」

「あ、うん。私も助けてくれてありがとう」

そうお礼を言ってくれた桜宮に軽く手を振って、カウンセラールームをあとにした。

＊＊＊

月待さんと二人きりになった部屋で何だか力が抜けて、ぐったりする。

月待さんが私の方に向き直って、口を開いた。

「気付かないままトドメをさしていたので、お節介を焼いてしまいました。すみません」

「……いや、ありがとう」

なかなかにショックだったが、もとより好きになってもらえているはずはないと思っていたのだ。

うん、これから頑張ればいいのだ。

正直、あの子達にやられたことよりダメージが大きいけど……！

なんとか前向きな気持ちにして、月待さんに向き直る。

月待麗さん。赤羽君ルートのライバルキャラ。

イベントでファンクラブからの嫌がらせを受けまくり会長のこの子が黒幕かと思っていたら、親の言いつけで赤羽君に近づいていただけで本人は特に赤羽君のことが好きでもなかったという脱力したシナリオを思い出す。

ゲーム内でもずれているが良い子で、赤羽君ルートのハッピーエンドではヒロインに勝負を申し込み、負けたからとさっぱりと去っていくんだよなあ。

だから、バッドエンドの方でファンクラブの噂に巻き込まれる下りを気の毒に思っていたが、回避できたようで良かった。

多分、今まで嫌がらせがあまり無かったのも月待さんのおかげだったのだろう。

「えっと、多分今までも色々してくれてたんだよね。本当にありがとう」

そう言うとぱちりと目を瞬かせた。

「いえ、私のせいでもありますし」

「そんなこと無いよ！」

「いえ、本当に私のせいなんです。だって、ファンクラブの会長が私ということで彼女達が調子に乗っていると知っていたならファンクラブなんて解散すれば良かったのですもの」

月待さんの言葉にちょっと驚く。

あれ、そうだよね。それが一番早い。

「え、何で解散しなかったの？」

そう言うと恥ずかしそうに俯く。

「だって、貴成さんの写真をいただけるんです……！」

「え」

「いや、あの、隠し撮りという訳ではありませんよ。行事の時とかに撮ったものなので、一応セーフかと」

えっと、つまり。

「赤羽君のこと、好きなの？」

そう言うとちょっと顔を赤くして頷く。

「昔からとても友達思いで優しくて素敵だなと。いつもは恥ずかしいし、貴成さんはあんまり寄ってこられるのも苦手なようでしたから、遠くから見つめるだけだったんですけど。高校に上がる時に婚約者のお話が出て、思わず両親に言ってしまって。貴成さんは今は恋愛にあまり興味が無く、友人と遊んでいる方が楽しいと言っていたので。話が伝わると嫌がられるかとちょっとした嘘をついたら、何故かこんなことになってしまって……。どうにか収拾を付けようとしてたんです」

最後の言葉を言った時は遠い目だった。

なんか行動が空回りして不思議なことになってしまうタイプっぽいなあ。

しっかりしてそうなのに、意外である。

「だから、その、一緒に頑張りましょう」

そう言って差し出された手に深く頷いて
「そうだね！」

強く握り返した。

うん、何だか強い友情が生まれたような気がする。

ヒロインの味方です

「ねっむー」

「大丈夫か？」

次の日、前日に色々あって疲れたせいで眠たい目をこすりながら登校する。

教室に着くとドアの前で月待さんが待っていた。

俺たちに会釈をしてから、緊張した顔で貴成に向き直る。

「その、少しお話いいでしょうか」

「良いぞ、移動するか」

俺はいない方が良いかと聞いたら、居てくださいと頼まれたので一緒に移動する。

あまり人通りの無い所まで来て、向き直る。

月待さんが口を開こうとした時に、貴成が話し出した。

「昨日、正彦から色々と聞いた。色々と迷惑を掛けていたようで悪かったな」

本当に気まずそうな顔で頭を下げる。

「え、いえ、私の責任ですし」

「いや、お前のせいじゃない。そもそも、俺が良いって許可したことしかお前言ってないしな。中学の時にも色々あってうんざりしてたんだが、そういうのをお前が俺の耳に入らないように気を使ってくれてたんだってな。本当に悪かった。……ただ、本当にもっと早く言ってくれてたら良かったんだが」

「……そうですか？」

「ああ、お前に苦労をかけずに済んだし、お礼ももっと早く言えたしな。月待、本当にありがとう。ただ、これからはこういうことは一人で抱え込まないでくれると嬉しい。心配する」

「……心配ですか？」

「……普通にそれくらいするぞ。お前、俺のことなんだと……」

「あ、いえ、……嬉しいです。ありがとうございます」

貴成はちょっと面食らった顔をしたが、フッと笑う。

「こっちの台詞なんだがな。まあいい。お前が困ってたら今度は俺が助けるからな。ちゃんと言えよ」

「……はい。期待してます」

彼女はちょっと顔を逸らし、そしてちょっと経ってから向き直って嬉しそうに笑った。

教室の方に皆で戻ると登校してきた桜宮にばったり会った。

「あ、えと、篠山君、おはよう。赤羽君も……、あれ、麗ちゃんがいる！」

「おはようございます、桃。昨日のことを貴成さんに言わなくてはと思いまして」

「ああ、なるほど。……なんて言われた？」

「……私のせいではないので、一人で抱え込むなと言われてしまいました」

「だよねえ……。次からは本当に止めてね」

仲良さそうに話す二人になるほどと呟く。

「やっぱり二人は仲良くなったか」

「え、何でやっぱり？」

「いや、二人共ちょっと似てるから」

天然っぽいところとか、行動が空回りしてそうな所とか。

二人して不思議そうに顔を見合わせたが、ふと桜宮が思い出したように俺を呼んだ。

「ねえ、篠山君。ちょっといい？」

「ん？　何？」

俺の側まで近づいた桜宮は顔を近づけて小さな声で囁いた。

「……昨日のことで恥ずかしいとか言ってられないって気付いたの。だから、これからはもっと頑張るからよろしくね」

髪がさらりと流れるのが分かるくらい近くで少し拗ねたような恥ずかしそうな表情でそう言って、にっこりしてみせる。

思わず固まっていると、じわじわと顔を赤くして、パッと離れた。

「じゃ、じゃあ、そういうことで。麗ちゃん、もうちょっとお喋りしない!?」

「はい。じゃあ、篠山さん、また」

どこか楽しそうに笑う月待さんと一緒にぱたぱたと歩いていった。

「あ、おっはよー、篠やん！　あれ、おーい？」

「おはようございます。……何で篠山は朝から固まってるんです？」

「珍しくアイツのやつが効いたっぽいぞ」

「あー、なるほど」

周りの会話が全然耳に入ってこない。

チャイムが鳴った時点でようやくフリーズが解けて教室に駆け込む。

間近で見た笑顔や、ほのかに香ったシャンプーの香りなどを全力で頭から追い出す。正直、顔が赤い気がする。

あー、もう、びっくりした……。


昼休みに先生に呼び出され、なぜか生徒会室に向かう。

しかも、いつものコイツらも一緒だ。それに加えて途中で青木も合流している。

何なんだろうなと思いつつ、朝の桜宮のあれを思い出す。

……多分、好きな人へのアピールのことだよな。昨日のぶち切れを聞くとかなり本気っぽいし。

つーか、誰だろ、桜宮の好きな人。

えーと、格好良くて、頭が良くて、運動神経良くて、性格良くて、友達いっぱいだっけ。

昨日も思ったけどいるか？　こんな完璧超人。

うーん、でも、攻略対象者を外から見たら多分こんな感じなんだろう。

俺から見たら良い奴だけど、かなり面倒くさかったりするが。

「なあ、桜宮のことどう思う？」

ふと一緒に歩いてる貴成達に尋ねる。

皆ちょっとキョトンとしたが、黄原がにやっと笑って元気良く答える。

「可愛いと思うよ！　色んなこと一生懸命やれる良い子だし、ちょっと天然入ってる所が面白いし！」

白崎も何故か微笑ましげな笑顔で答える。

「そうですね。可愛らしくて、とても良い子だと思いますよ。本好きな所もとても合ってると思います」

青木も慌てたように、でも、しっかり答える。

「えっと、……すごく優しくて、可愛い先輩だと思います……。いつも、気遣ってくれましたし……」

貴成はちょっと呆れたような顔をしつつも答える。

「まあ、勘違いとかしてるとかなり面倒くさい所もあるが、ちゃんと反省して人に謝れるのは良い所だと思うぞ。……一生懸命な所は認めなくもない」

皆びっくりするくらい好意的な意見だ。

しかも前は桜宮のことを思い切り嫌ってた貴成もである。

「急にどうしたの、篠やん！　何？　気になっちゃった？」

「いや、ちょっとな」

うん、コイツらの誰でもいいけんじゃねえか、桜宮。

そんなことを考えていたら生徒会室に着く。

ノックをすると、中から返事が返されドアを開ける。

「よう、悪いな。昼休みにわざわざ。ちゃんと弁当持ってきたか？」

中にいたのは紫田先生で、楽しげにひらひら手を振ってくる。

「ちゃんと持ってきましたよ」

「おし、じゃあ、食べながらでいいや。話聞いてくれ。ここにいる全員もう察してると思うが、来期の生徒会の話だ。お前らで内定してるから役職だけ話し合って決めてくれ」

「はい!?」

思わず思い切り叫んでしまう。

弁当を取り出していた周りが驚いたように俺を見た。

「何だ、お前、気付いてなかったのか。青木の件で色々言ってただろ」

「いや、ちょっと待って、何で俺!?　黒瀬、黒瀬とかは！」

生徒会役員は俺じゃなくてアイツだったはずだろ!?

「まあ、黒瀬も候補いなかったら本当にギリギリで及第点といったところだが、適性ありありなお

前がいるんだからお前になるだろ。つーか、何でお前黒瀬も候補だったこと知ってんだ？」

その質問に答える余裕も無く頭を抱える。

そういや言ってたな真面目な外部生とかも候補だって。

うわ、その枠か！

つーか、今まで人事だと思ってたけどこの学園の生徒会のブラックは……！

「この時期にここに呼ばれた時点で確定でこの話だろ。つーか、父さんがこの話してた時お前もいなかったか。何で気付いてなかったんだ」

「そうですね。まあ、篠山なら向いてると思いますよ」

「そーそー、俺らもやるんだから諦めて一緒に頑張ろー」

「……えっと、一緒に生徒会やれると、嬉しいです……」

「つーか、前も言ったようにこれ拒否権無いからな。恨むなら無駄に優秀で成瀬先生にもお墨付きもらった自分を恨め」

周りからの追い打ちにガクッと椅子の上で崩れ落ちる。

うわ、マジか。えっとこれどういう状況だ。

桜宮はアイツらのうちの誰かが好きで、生徒会が始まって。

……つまり、乙女ゲームが始まってしまわないか、これ。

あれ？　俺は乙女ゲームなんてキラキラしいもんには関わんねえつもりだったのに、何でこんなことに？　攻略対象者な友人をほっとけなかったから……にしても、ここまで展開が変わるとか思わなくないか？　ゲームなら、絶対モブだぞ、俺は。

ぐるぐるする脳みそを必死に動かす。

ヒロインである桜宮は普通に良い子で。攻略対象者達は友達で。そんでもってこの世界はゲームだけど、ちゃんと現実で。

うん、どういう状況なのか全然分かんなくなってきた。

昨日の桜宮を思い出す。

この妙な状況がどうなんのか、ちっとも分かんないけど、取り敢えずモブな俺はヒロインの味方ってことで。

今のところは良いだろう。

赤のライバルキャラ（一）

学校の廊下を歩きながら窓の外を見ます。

窓の外の木の葉っぱがほとんど落ちてしまっているせいで太陽の光がよく見えました。

それを見て、良い天気と思いながら、次に書く絵のイメージを考えます。

光をテーマにした絵はいいかもしれません。冬が終わり、春が来るイメージも盛り込みましょう。

うん、いい気がします。これで今度の絵は先輩に「……月待さんの絵は独特だよね！」と言われて目が合わないなんてことにならずに褒めてもらえる作品になるのでは。

今までピアノ、バイオリン、茶道、華道、バレエと色々な習い事をやってきた中、先生には顔を引きつらせながら「……大変、個性的でセンスを感じますね」と言われたり、お母様達には「……麗さんは他にも色々なことができるから大丈夫よ」と言われたりしてきた、唯一上手く出来なかった弱点である絵を克服する第一歩になるでしょう。

そう思いながら深く頷いていると、声をかけられました。

「あ、麗ちゃんだ！　今、大丈夫？」

その声に振り返ると最近できたお友達である桃がにこにこと笑いながら立っていました。

つい最近親しくなったばかりの彼女だが、色々と気が合うことが多く、もっと仲良くなりたいと密かに思っています。

「大丈夫ですよ。何でしょう？」

「あのね、えっと、暁峰夕美ちゃんって知ってる？」

「はい。暁ブランドのご令嬢ですよね」

「え、夕美ちゃんの両親のブランドってそれだったの!?」

桃が私の言葉に驚いたように目を見開き、小声で「うわあ、両親は洋服ブランド経営って聞き流してた。すっごい有名なところじゃん」と呟いています。

その態度に思わずこちらも笑みがこぼれます。

私も貴成さんほどではないでしょうが、月待グループの娘ということで近づいてくる人は後を絶ちません。

あの大事になってしまった婚約者という噂のおかげで多少は緩和されていますが、それでもうんざりするものです。

なので友人の親の会社を詳しく把握してなかったり、私に他の方と同じように呼びかけてくれる桃の態度は私にとってとても嬉しいのです。

「あ、ごめんね、脱線しちゃった。あのね、私、Sクラスに入りたくて成績上げるために仲良い友達に教えてもらって勉強会してるんだけど、麗ちゃん頭良いでしょ？　もし、都合が付くなら、誘ってみようかなって友達に言ったら、じゃあ今週の土曜日に夕美ちゃんの家でお菓子作りするからそれにも誘ってみたらって言ってくれたの。もし都合が付いて、興味あったら来てくれないかなって」

ちょっとだけ緊張した風情で言った桃の言葉に思わず、目を瞬かせます。

「お菓子作りですか……」

小さい頃に絵本の大きなフライパンでつくる大きなケーキに憧れて、勝手にキッチンでお菓子を作ろうとして火傷をしかけ、お母様にキッチン立ち入り禁止を言い渡されて以来、やったことがありません。大きくなった今でもその禁止令は解けていないので。

今なら、それは本当に危なかったなと思いますし、今でも禁止の原因も分かっています。

私はある意味商品でもありますから。

お父様とお母様は私のことをとても大切にしてくれているのは理解していますが、野心家で私の結婚は家の利益のために決めるだろうといったことも勿論理解しているのです。ですので、私に傷が残るようなことが起こる可能性を二人は嫌がるのもとっくの昔に理解しています。

ですので、やったこともほとんど無ければ、やる必要もないことなのですが、小さい時のわくわくした気持ちを思い出します。

「あ、興味なかったら全然大丈夫なんだけど！」

桃が少し慌てているが、首を横に振る。

今週の土曜日の習い事は確か茶道だったでしょうか、申し訳ありませんが頭が痛くなることにしてしまいましょう。

普段の私はとても真面目なので、運転手やお手伝いの方も協力してくれるでしょうし。

ほんの小さな反抗くらい私だってしてみたいのです。

「いいえ、とても興味があります。ぜひ、お邪魔させてください」

そう言うと嬉しそうに笑ってくれた桃にこちらも嬉しい気分になりました。

「あ、それとね！　他にも用事があるんだ。こっち来て」

そう言って、あまり人気のない非常階段の方に連れてこられます。

胸元の生徒手帳を取り出した後、周りをキョロキョロと見渡し、そして笑顔で生徒手帳から取り出した何かを私に渡してきました。

「はい！　こっそり見てね！」

何かの裏取引のような渡され方に苦笑しながらそれを見ます。

そして、息を呑みました。

思わず桃の顔を見るといたずらに成功したように、にっこり笑います。

「えへへ、黄原君からのおすそ分けなの。写真欲しいなあって言ってたら、夏休みにいっぱい写真撮ったからどうぞって。それ、篠山君だけじゃなく赤羽君も写ってたから、麗ちゃんも欲しいかなって。……篠山君の所は私も欲しいから切り取ったやつで、ごめんなんだけど」

その言葉にあまり話したことも無い黄原さんに全力で感謝しました。

写真には、……私の想い人である貴成さんが写っていました。

それも、友達に向けるものだろう、すごく楽しそうな笑顔で。

自然に口角が上がるのが分かります。

「……ありがとうございます、桃」

我ながら恥ずかしいほどにニヤけてしまっている顔のままお礼を言うと、桃が固まりました。

そして何故か俯いた後、首を振ってもだえ始めます。

「ヤバい可愛い……！　うわー、普段クール系な麗ちゃんのフワって感じの笑顔破壊力ヤバい。流石のポテンシャル！」

「あの……？」

「あ、ごめんね、何でもない！　えっと、麗ちゃんはこの後、用事ある？」

「はい、これから部活に行きます」

「そっか、じゃあ、土曜日のことは後でＬＩＮＥ送るねー。またね！」

「はい、また」

明るく手を振って去っていく桃に手を振り替えした後、そっと手元の写真を見ます。

楽しそうな明るい表情の貴成さんに、またにやけてしまうのが抑えられません。

でも、しょうがないでしょう。この笑顔は私が彼に恋をしたきっかけなのですから。

＊＊＊

彼と初めて会ったのは、私が五歳の時、初めて出たパーティーでのことです。

その時、私はとても退屈していました。

最初のうちは着させてもらった綺麗なドレスとどこもかしこもピカピカの会場にはしゃいでいる

ことが出来ましたが、それに見飽きてしまうと大人達がお喋りしている側で大人しくしていなさいというのは、とても良い子だった私でも退屈でうんざりしてしまうものだったのです。

周りをボーッと見ていると同い年くらいの男の子がいました。

同じ幼稚園で一番格好いいと言われている男の子よりも格好いい男の子で、光に透けると茶色っぽい髪も合わさってまるで絵本で見た王子様みたいな子でした。

その子もとても退屈そうにしているのを見て、私はお母様に声を掛けました。

「ねえ、お母様」

「何かしら、麗さん」

「私、あの男の子とお話してきたいです。良いですか？」

そう言うとお母様はとても嬉しそうな顔で頷きました。

「あら、そうなの。それじゃあ、お母様とお父様と一緒にご挨拶に行きましょうね」

今なら分かりますが、お父様とお母様は赤羽グループの次期会長が息子を連れてくると言うのを聞いて、話しかけるきっかけにするために私を連れてきたのでしょう。

そして、あわよくば、その赤羽グループの令息と娘が仲良くなればという打算もあったのでしょう。

我が親ながらその野心に少々呆れてしまうのですが、その当時はそんなことには全く気付かず、お母様達と一緒に沢山練習した良い子の挨拶をするのに必死でした。

私の挨拶を赤羽グループの次期会長さん、いえ、今では立派な会長さんになった赤羽さんとその奥様は褒めてくれましたが、男の子はやっぱりつまらなさそうな顔のまま挨拶を返してくれただけでした。

その顔にこれなら私の思った通りにいけると嬉しくなった私は、その男の子、貴成さんに声を掛けました。

「ねえ、一緒にケーキを食べにいかない？」

その言葉に貴成さんはちょっと嫌そうな顔をしましたが、私の両親が私が甘い物が好きだと言う話を大げさに話すと赤羽さんはちょっと困った顔をしながらも一緒に食べてきたらどうだと言ったので貴成さんは仕方なさそうに頷きました。

渋々といった感じで付いてくる貴成さんと一緒にケーキのあるテーブルまで歩きますが、私がそのテーブルの横を素通りすると不思議そうな顔で声を掛けようとしましたが、しーっと言ってごまかします。

そして、あまり人のいない所に行くとなるべく潜めた小さな声で貴成さんに話しかけました。

「一緒に外のお庭に行く作戦に参加してくれませんか？」

「……何で？」

不思議そうな顔をする貴成さんに、私は自信満々に話し始めます。

「あんまりに退屈だったから、お庭に行きたいって言ったのにお母様が駄目よって言うの。だからこっそり行っちゃおうと思って。一人でやったら怒られちゃうし、気付かれちゃうけど、きょうはいいいんしゃっていうのがいたらいいんです。そうすれば、なんとかなるんですよ。あなたも退屈そうだったから、きょうはんしゃになってくれると思って」

知ったばかりの単語を使って自慢げに胸を張った思い出は、今となっては恥ずかしい限りです。よく意味が分かってませんでしたし、小さい子が二人で動いていたら一人でいるよりも目立ったでしょう。

だけど、貴成さんはやっぱり不思議そうな顔をしながらも頷いてくれました。

当時はこっそりとまるで絵本の忍者になったように動いて、今ではどう見てもバレバレで周りの大人達に見守られていたんだろうことをやって開いていた扉からお庭に出ました。

色んなお花が咲いた綺麗なお庭に嬉しくなりましたが、貴成さんはまだつまらなさそうな顔をしています。

さて、どうしましょうと考えました。きょうはんしゃになってくれそうだと思って貴成さんを誘いましたが、私は貴成さんにはあまり興味が無かったのです。

だって、幼稚園でも女の子とお話したり遊んだりする方が楽しいし、私は絵本の王子様よりも友達想いの優しい騎士様の方が好きなのです。

ですが、きょうはんしゃにはお礼をしなきゃいけません。

少し考えて、お母様がハンカチやティッシュを入れるのよと持たせてくれた小さな鞄から小さなスケッチブックと色鉛筆セットを取り出します。出かける前にこっそり入れ替えておいたのです。

「貴成さん、きょうはんしゃになってくれたお礼です。一緒に使っていいのでお絵かきをしましょう」

「……別にいいよ」

「いいえ、絶対楽しいです。一緒にお絵かきしましょう」

そう言って無理矢理手渡すと貴成さんは渋々受け取って、ベンチに座って一緒に絵を描き始めました。

最初は貴成さんを気にしていましたが、段々とお絵かきに夢中になって隣の男の子なんて忘れてしまいました。

しばらく経って、ようやく出来上がりました。嬉しくなった私は、隣の男の子に自慢したいと思って声を掛けました。

「貴成さん、描いたお絵かきを見せあいっこしましょう！」

「……別に良いけど」

きっとこの男の子も褒めてくれるでしょう。そう思いながらせーので見せあいっこして、私は固まりました。

貴成さんの絵はまるで幼稚園の先生が描いたみたいにびっくりするほど上手でした。

貴成さんは私の絵を見て小さく呟きました。

「下手くそ」

その言葉に私はびっくりして、その後とても怒りました。

「下手じゃないです。先生もお友達もいつもほめてくれます！」

「でも、下手だよ」

「下手じゃないです！　貴成さんの絵だって……！」

貴成さんの絵の悪い所を言おうとしましたが、その絵はやっぱり上手で。

何も言えなくて泣き出しそうになってしまった私を見て、貴成さんはちょっと困った顔をして口を開きました。

「……ごめん。えっと、俺の友達も絵とか歌とか下手なんだけど、すっごく良い奴だから、気にすることないと思う」

私の絵が下手と言うのは撤回せずに、急にお友達の話をし始めた貴成さんに少しムッときましたが、お話を遮るのは悪い子なので、ちゃんと聞いてあげなければいけません。

渋々と言った声で、

「……お友達ってどんな子ですか？」

と聞くと貴成さんはちょっとホッとした顔で話し始めました。

「一緒の幼稚園のヤツなんだけど、かけっことか隠れん坊とか俺が入るとすぐ終わっちゃうから、皆嫌だって言うんだけど、そいつは俺のことすごいって言って次は勝ちたいからもう一回って言って絶対入れてくれるんだ。絵とか歌は下手で、足も俺より遅いけど、虫捕りは幼稚園で一番上手いんだ。普通の家のヤツなんだけど、俺のことズルイとか羨ましいとか言わないすっごい良い奴なんだ。……本当は今日も遊ぼって言ってくれたんだけど、パーティーがあるから駄目だったんだ。俺、早く帰って、正彦と遊びたい」

私はびっくりしました。

さっきからずっと退屈そうで、つまらなさそうな顔だった男の子が友達の話になるとすごく嬉しそうな顔になったのです。

本当はお母様達からよく言われていたように普通の家の子と遊んじゃ駄目だよと言わないと思いましたが、それは言っちゃ駄目だとなんとなく思いました。

「……大事なお友達なんですね。あのですね、そういうお友達のことなんて言うか知ってますか？しんゆうって言うんですよ」

ちょっとびっくりしてドキドキしたのを誤魔化すように、最近知った言葉を教えると、貴成さんは頷いて、

「そっか、親友か。ありがとう」

と笑いました。

また、笑ったと嬉しくなって頷いていると、中から大きな声や拍手の音が聞こえます。もしかして終わりの時間なのかなと慌てると、貴成さんもちょっと慌てた顔をして急いで色鉛筆を片付けてくれました。

急いでお母様達の所に戻ると、貴成さんと仲良くなれたかと聞かれました。

内緒で持ってきたお絵かきセットのことも、貴成さんのお友達の話も出来ません。だって、お母様は普通の家の子と遊んじゃいけないと言っていたのです。私はちょっと考えて答えました。

「……あのね、お友達を大事にする子だったよ」

「そうなの。それは良い子ね。ぜひ、お友達になってもらいなさい」

その言葉に頷きながら、貴成さんはお友達の話でとっても楽しそうだったのに、お母様達は何で

駄目って言うんだろうと不思議に思いました。

聞こうかなと思って顔をあげたけど、お母様達はまた大人の人達とお話ししていて邪魔しちゃいけないと止めました。

大人しく待っていながら考えます。

貴成さんは絵本の王子様みたいで、私の絵を下手くそと言う意地悪で、お友達のことがとっても好きみたいでした。

意地悪な子は嫌な子だけど、友達を大事にするのは良い子です。

どっちなんだろうと思いながら、次会ったらまたお話しして決めようと思いました。

最初は興味が無かった男の子にちょっと興味を持ったのは、これがきっかけです。

赤のライバルキャラ（二）

初めて会ったあの日に次に会った時と思ったけれど、また貴成さんとちゃんと話せたのは、ずっと後のことでした。

理由は簡単、貴成さんがモテまくっていたからです。

貴成さんがああいった集まりによく出るようになると、一気に同年代の子達が増えたのです。

おそらく私の両親と同じようなことを考えたのでしょう。

親からの言いつけもあったのでしょうが王子様のような素敵な男の子には、たまのパーティーなどではいつも女の子が群がっていました。

それを見ていて、なるほど、やっぱり皆は王子様が好きなのかと納得したのを覚えています。

あまりの大人気に話しかけることも出来ずに、そういったパーティーではいつも貴成さんに突撃していけなかった控えめな感じの女の子達とお喋りをして暇を潰していました。

他の男の子はそんな貴成さんをうらやましがったり、親の言いつけだからと側に行こうとしていましたが、私は少し不思議でした。

貴成さんはいつも本当に退屈そうな顔ばかりで、あの日お友達の話をした時のように楽しそうな顔をすることは無かったのです。

だからきっと女の子達に群がられてもきっと嬉しくないし、早く帰りたいと思っているのでしょうに、他の子達はいつも貴成さんを取り囲んでいたのです。

助けてあげた方が良いでしょうかとは薄々は思っていたのですが、私もその頃は他のことで悩んでいました。

お母様達はよくそういったパーティーで仲良くなった子のお話を聞いてきました。

私が正直に仲良くなりたいと思った子や少し嫌だなと思った子の話をすると、お母様達は言うのです。

その子はあんまり良くない家の子だから今日はしょうがなかったけど、次はあまり仲良くしないようにと。

その子はとても良い家の子だから次は良い所を見つけて仲良くしなさいと。

でも、どう考えても、その良い家の子はとても意地悪で嫌な子でしたし、あんまり良くない家の子はとてもお話が面白くて、優しい良い子だったのです。

習い事のこともそうです。

私のやったことはいつも先生やお友達にとても褒めてもらえます。だけど、よく見てみると隣の子の方がずっと上手だったりするのです。

そういったことが気になりだしたきっかけは貴成さんのお友達の話や、私の描いた絵を下手と言われたことでしたが、きっとそれが無かったとしてもいずれは気付いたと思うほどに私にとってそれは違和感があったのです。

だから、私もそういったパーティーはあまり好きではなかったですし、たまに貴成さんと話す機会があってもお母様達から何か言われるのが嫌で、ちょっとした挨拶で済ませていました。

そして、貴成さんと次にちゃんと話せたのは、私が一〇歳の時でした。

話せたきっかけは私が勇気を出したりした訳ではなく、私のドジでした。

その日はとても綺麗な庭園が有名なホテルでのパーティーで、半分は室内、半分は庭園といったようなパーティー会場でした。

貴成さんは庭園にいたため、子供達のほとんどは庭園に行っており、私もそれを見たお母様達に庭園に行ってきてはと言われて庭園に行きました。

その日履いていた靴は、新しい綺麗なもので、だけどとても足が痛くなるものでした。

綺麗な庭を見る余裕もあまり無く、見つけたベンチに向かおうとするとその近くで貴成さんや他の子達が集まっていました。

その中を突っ切ることはしたくなかったので、ちょっと離れようとした所、その中の一人が私に気付いて声を掛けてきました。

私は咄嗟に振り返ろうとしましたが、足が痛くて上手く動けず、結果思い切り転けてしまいました。

周りの子が声を掛けてくる中、私は固まってしまってなかなか立ち上がれませんでした。

ドレスを汚したらお母様に怒られるでしょうし、心配して声を掛けてくれる子もいましたが、私が転けたのを見てクスクス笑っている子もいて、どうしようもなく恥ずかしくなってしまったのです。

どんな顔で立ち上がろうと悩んでいると、スッと手が差し出されました。

その手に慌ててお礼を言おうとして、顔を上げ固まりました。

貴成さんが珍しく退屈そうな顔ではなく、心配そうな顔をしてそこにいました。

貴成さんは固まってしまってなかなか動けない私に少し首を傾げて口を開きました。

「……大丈夫か？」

「あ、はい。えっと、大丈夫です」

「服や怪我のこともあるし、ホテルのスタッフに声を掛けて別室に案内してもらいに行くぞ」

そう言って、淡々と私の手を引いて立たせると、そのまま歩き出します。

その姿を見て先程まで貴成さんを取り囲んでいた女の子が慌てて口を開きます。

「あの、貴成様が行かなくても私が案内します！」

「お前らは俺の側で盛り上がってただろ。俺はほとんど口を挟んでなかったから、俺が居なくても関係ない。だから俺が行かせてもらうぞ」

そう言って、そちらに見向きもせずに向かう姿になるほど抜け出す口実に使われたのかなと納得しました。

貴成さんは彼らから離れた所で立ち止まり私の方に向き直りました。

「さっきから歩き方変だけど、大丈夫か？」

「あ、ただの靴擦れですので、大丈夫です」

「靴か……。女子ってよく、そんな履きづらそうなの履くよな」

「今日のは失敗でしたね。……あの、手を離して貰っても？」

「ああ、悪い。あそこから早く抜けたくて、ついな」

「いえ。貴成さん、囲まれて大変そうでしたし」

「いや、それもあるが、お前が転けたの見て笑ってたヤツいただろ。お前の気分がよくないだろうから早く抜けたいと思ってな」

その言葉に気付いてたのかと少し驚きます。

「……ありがとうございます。助かりました」

「いや、いい。取り敢えず、ここのベンチに座っとけ。誰かスタッフに声掛けてくる」

ありがたく座らせてもらうが、その言葉に慌てて口を開きます。

「あ、私一人で大丈夫ですよ」

「いや、あのまま戻ると面倒くさいからこのまま付き合わせてくれ。怪我した子に付き添ってたなら文句も言われないだろうし、友達の付き添いで保健室とか行くの慣れてるしな」

友達という言葉に最初に会った日の会話を思い出しました。

「友達と言うと、虫捕りが得意な同じ幼稚園の?」

「よく覚えてたな。そいつだ。あと、今は虫捕りとか駆けっことかだけではなく、勉強も出来るぞ。俺と同じくらいだ」

少し自慢そうな顔でそう言う姿に微笑ましくて思わず笑ってしまいました。

貴成さんはそれを見て、少しむくれます。あの退屈そうな顔ではなく、自然な顔でした。

「何か?」

「いえ。大事な友達なんだなと」

「ああ、親友なんでな。と、手が空いてるスタッフがいた。ちょっと待ってろ」

貴成さんは近くにいたスタッフに声を掛け、少し話すとすぐに戻ってきました。

「スタッフルームに手当の道具とかがあるらしいからそこに行く。歩けるか?」

「はい」

やはり足は痛いが、少しの距離なら問題無いです。

立とうとすると、自然に手を差し出され、思わず固まるが、そのまま手を重ね引いてもらいました。

友達と手をつないだりすることはあるのに、その時はものすごく緊張したのを覚えています。

スタッフルームに着くと、貴成さんは付いてきてくれたスタッフさんに濡れタオルと乾いたタオルを頼みました。

「スカートの裾の所、少し汚れてるから。応急処置程度になるけど、汚れは取った方がいいだろ」

「ありがとうございます。よく知ってますね」

「友達がしょっちゅう服を汚しては必死に染み抜きとかやってるからな」

「……けっこうドジなんですか？」

「いや、思い切りがよすぎるだよな。しっかりしてる所はかなりしっかりしてるんだけど。……まあ、いい、怪我の手当手伝うぞ」

そう言われて自分の体を見ます。

手は少し汚れていますが、少しすりむいただけで血も出てません。膝も同じです。

そして、少し怖いながらも、靴を脱いで、靴下を脱ぎました。

そして足を見て、大分困りました。

靴にすれていた部分の皮が完全にすり切れ、血が出ていました。

この足でまたパーティーに戻るのは本当にきついです。

「結構痛そうだな」

「……はい。戻ったらベンチに座って大人しくするしかないですね」

「いや、戻る必要は無いだろ。痛そうだし、あそこじゃ落ち着かないだろうから、ここで終わる時間まで休ませてもらえばいいだろ」

「ですが……」

「お前の親には後で俺も言っておくから。俺も戻りたくないし、良いだろ。共犯者ってやつだ」

その言葉に少しだけ目を瞬かせます。

「その言葉、覚えてたんですね」

「それはそうだろ。あれは俺が初めて出たパーティーだったし、インパクト強かったし、……それに一番マシだったしな」

「マシですか？」

「ああ。そこまで絵を描いたりに興味は無かったけど、お前は俺に無闇に構ってこなかったし、あれのおかげで大分暇もつぶせたしな。最近のあれこれと比べると本当に一番楽でマシなパーティーだったぞ」

見るからにうんざりといった表情でそう言う貴成さんにやっぱりと思いながらも、一応はフォローしようと口を開きます。

「まあ、貴成さん格好いいですしね。他の方も仲良くなりたいんですよ。……それに、親からの言いつけといったこともありますしね」

「……だろうな。本当に面倒くさい。というか、お前もじゃないのか？」

「はい？」

「親からの言いつけというヤツだ。お前の親に会うとしょっちゅうお前を売り込まれるんだが、お前はいつも必要最低限の挨拶だけだしな。すごくありがたいから放置していたが、そう言えば不思議だなと」

その言葉に色々なことがよぎり、固まってしまいました。

両親の行動には正直頭を抱えたいですし、勇気が出ないだけであった行動が貴成さんにとって好印象だったという驚きもありました。

ですが、淡々と聞かれたその言葉に私は思わず思っていたことをこぼしてしまったのです。

「……こういった場で沢山の人と会うと、よくその話をお母様達が聞くんです。だけど、私が仲良くなりたいと思う子があまり良くない家の子だと、次は避けるように言われるんです。習い事でも、明らかに下手な私を皆が褒めるんです。でも、ずっと前に貴成さんに言われたように下手なの私にも分かるんです。……そういうのがすごく嫌だから、お母様達が言う良い家の子ともあまり話したくないんです。……でも、悪い子って思われるのも、嫌なんです。だって、嫌だなと思う所もあるけど、お母様達の大好きな所もいっぱいあるんです。だから、お母様達の言うことは出来るだけ聞きたいのに、やっぱり聞きたくないんです。……変でしょうか？」

自分でも分かるくらい情けない声が出ます。

でも、止められなくて、言ったことがあまりに面倒くさくて、思わず俯いてしまいました。

その後に続いた沈黙に、ああ止めておけば良かったと泣きそうになってしまった時、小さな声が聞こえました。

「……変ではないと思うぞ」

思わず顔を上げて、少し驚きました。

貴成さんは今まで見たこともない、本当に困った、そして、一生懸命な顔をしていたのです。

「その、お前の感じることは普通だと思う。……俺も、良い家の子だの何だのとかは嫌いだし、親嫌いになれないとかも分かるし。だから、全然変ではないと思うし、……俺はそれ聞いてお前のこと結構良い奴だったんだなと思ったし、こんなこと聞き出して悪かったなと思ったぞ。……えっと、周りに無意味に褒められるのが嫌なら、もっと上手くなれば良いんじゃないかと思う……、すまん、今言うようなことじゃないのか。……だから、とにかく、あまり気にしすぎなくても、良いんじゃないかと思うぞ」

いつも堂々と話すのに、つっかえつっかえで、話はあまり繋がっていなくて、それでも私のことを励まそうと一生懸命なのが伝わってきました。

「……ありがとうございます」

思わず呟くと、どこか困りはてたような顔で首を振りました。

「いや、俺の友達だったらもっと上手く言えるんだろうが、俺はこういったことが下手で、その、悩んでることを無神経に聞き出して悪かった」

自信なさげな表情に、何でも出来ると評判のこの人にも苦手なことがあるのかと少し不思議な気持ちになりました。

「いえ、その、すごく心が軽くなりました。話を聞いてくれてありがとうございます」

「そうか」

「はい、お友達じゃなくて、貴成さんで良かったと思いますよ」

「いや、アイツだったら、もっと上手くやれたと思う」

ちょっとだけ情けない顔で呟くその言葉に、少しだけムッとして思わず呟きました。

「……よっぽどすごい人なんですね、そのお友達は。見てみたいです」

ちょっとだけ皮肉っぽくなってしまったその言葉に貴成さんは頷いて、にっこり笑った。

「ああ、自慢の親友だ」

その笑顔は初めて会った時からずっと印象に残っていた、嬉しそうな自慢げな笑顔で。

その笑顔に心臓が大きく脈を打ったのを覚えています。

ドキドキして、顔が赤くなりそうなのを隠すように、必死に口を開きました。

「習い事、もっと頑張りたいと思います」

「良いと思う」

「今度から、貴成さんがパーティーで囲まれて大変そうだったら、頑張って突入していきますね。

私は所謂良い家の子なので、皆もきっと少し遠慮してくれます」

「……ありがとう、本当に助かる」

「だから、今度から挨拶したら、お母様達に貴成さんと仲良く出来たって話しても良いですか？

そうしたら、多分、聞かれるのちょっとマシになると思うんです」

「ああ、全く構わない。お互い大変だしな」

「……そうですね」

ああ、本当に大変なんです。

見るからに女の子が嫌いな貴成さんにときめいてしまう気持ちは、間違いなく彼にばれたら嫌がられてしまうでしょう。

でも、それでも。

昔、好きだった絵本を思い出します。

お姫様が結ばれたのは、何でも出来て、すごく格好良い、完璧な王子様。

でも、私はそんな王子様よりも、友達想いで、優しくて、辛い時にたどたどしくても一生懸命助けてくれる騎士様が好きなのです。

これが、私の中の恋になりそうだった興味が、完全に初恋に変わった出来事でした。

＊＊＊

胸ポケットに入れた写真をさらに隠すように、胸に手を当てて、美術室に向かいます。

扉を開けると、少し緩い部活であるからでしょうか、また私が一番のりでした。

いつも、私が座る席に着いて、そっと写真を取り出します。

その写真はやっぱり嬉しそうな楽しそうな満面の笑みでした。

あの日のことを思い出して、やっぱり笑みがこぼれてしまいます。

何でも出来て、少し冷たい印象を持たれている貴成さんが、女の子を慰めるのが苦手で、でも一生懸命慰めてくれるくらい優しくて、そして、実はちょっとだけ人付き合いの上手な親友に対してコンプレックスを持っていることを知っている人はどれくらいいるのでしょう。

多分、篠山さんは知っているのでしょうか。

それでも、きっとこの学園に通っている女の子達のほとんどが知らないことなのです。

もう一度だけ、見つめて、そして、生徒手帳の中に大事にしまいます。

両親が別にやらなくて良いと言う、私が下手な絵の部活に入って。

きっと、両親が知ったら嫌がるでしょう普通の家の子と仲良くして。

そして、両親が望む人に、両親のように家のためではなく、本当に普通に恋をする。

二人に内緒な小さな反抗を、ちゃんと良い子の仮面を被って楽しむ私は、きっと悪い子なのでしょう。

それでも、それが楽しくて仕方ないから、大事にしていきたいのです。

青のライバルキャラ

私、倭村木実は食べるのが大好きだ。

よく動き回り、よく食べて、よく喋るため友達には小動物とか言われてしまう。

身長が低いからかも知れないけど、失礼な話である。

でも、そんな私だけど、今日は全然食事が進まない。

普段はそんなに気にならないきれいな食べ方とか、服を汚してしまっていないかとかそんなことが気になって、正直味もさっきからあんまり分かっていない。

場所はただのお好み焼きチェーン店で、ただの先輩を交えた係の打ち上げだというのにだ。

でも、それは仕方ないと思うのだ。だって、テーブルを挟んだ向かいの席には青木君、私の好きな人が座っているのだから。

私が彼のことを好きになったのは、中等部に入学してすぐのことだ。

入学したばかりの頃、正直私は浮いていた。

中高一貫のお金持ちがこぞって入学することで有名な進学校。

確かにお祖父《じい》ちゃんはそれなりに名の知れた会社の社長さんだが、そんなお祖父ちゃんと大喧嘩して家を飛び出したのがウチのママで。パパと結婚して私が生まれるまで一切会わなかったらしい。

そんな訳で真面目で働き者の自慢のパパだけど、会社はお祖父ちゃんの会社とは関係のない所だし、私も小学校までは普通の公立だった。

でも、私の学校の成績が良いことを知ったお祖父ちゃんが学費を出してやるから、この学園を受験したらどうかと勧めてきたのだ。

ママは気にしなくて良いからね、好きな所に行きなさいと言っていたが、時々会うお祖父ちゃんは不器用ながらも甘やかしてくれるし、不器用だけどパパとも歩み寄ってくれてるし。

だから、行きたい所も特に無かったし、仲の良い子達も私立に行ったりする子も多いしで、まあいっかとここに受験することに決めたのだ。

受かった時は、とても嬉しそうに流石は俺の孫、天才だとお酒の酔いが回った時にお祖母ちゃんに語っているのを見て、良かったなあと思っていたけど、ここに来るのはお金持ちばっかということをすっかり忘れていたのだ。

そんな訳で、名門私立小学校出身や時には外国にいたなんて子達の会話にちょっと前まで小学校の休み時間は校庭で男子に交じってドッジボールしてましたなんて私が交ざれる訳もなく。

休み時間になる度、引きつった顔で遠巻きに皆を見ているような状況だったのである。

そのまま一週間が経過した頃、流石にヤバいなと危機感を抱き始めた私は話しやすそうな子を探すことにした。

今までは女子のグループに入ろうとしては一切話に交じれず涙目で撤退という結果になっていたけど、それなら男子に声を掛ければ良いのである。

教室を見渡して話しかけやすそうな子を探していると、一人で席に座っていた男の子が目についた。確か、青木君と言って、入学式で迷子になりかけた私を案内してくれた優しい男の子。仲良くなりたいなあと思っていたから、これはチャンスじゃないかとさっそくその子の所に話しかけに言ってみた。

何だかちょっぴりドキドキするけど、話しかけられて無視したりするような子じゃないと思うし、大丈夫と勇気を出して声を掛ける。

「お早う！」

「……お早う、ございます」

いきなり声を掛けてびっくりした顔をしたけど、ちゃんと挨拶を返してくれる。

それに嬉しくなって、会話を続けようと口を開く。

「私、倭村木実って言います。自己紹介の時のざーっと流れるみたいな紹介じゃ覚えてないかもだからもっかいね。青木君だよね、入学式の時はありがとう！」

「……えっと、覚えてるよ。古い日本の呼び方と村に木の実って字で倭村木実さん。……入学式の時は、たまたまだから、気にしなくていいよ」

読みづらい名字だからと自己紹介の時に言った名前の字までしっかりと覚えられててびっくりする。

でも、覚えててくれて嬉しくなって、えへへと笑う。

「すごいね！　記憶力いいー！　青木君は下の名前、りゅうせいだったよね。どんな字だったか教えてもらってもいい?」

そう言うと何故かちょっと困った顔をしたが、小さな声で答えてくれる。

「……えっと、流れ星って書いて流星……」

思わず彼の顔をじっと見てしまう。とっても綺麗な響きの字でこの珍しいほどに純粋な黒の髪と目をした女の子みたいに綺麗な彼に似合ってると思った。

「綺麗な名前だね。えっと、私、いつも木実って呼ばれてたから木実って呼んで! 流星君って呼んでもいいかな?」

きっと優しいこの男の子は頷いてくれるだろうと言った言葉に青木君は本当に困りきった顔をして、小さな声で言った。

「……ごめん、倭村さん」

どっちのお願いもばっさり断られて、ショックを受けていると休み時間の終わりを告げるチャイムがなって、慌てて席についたことでその会話は終わった。


数日後の部活決めの時、勧誘の先輩が優しそうだったという理由でボランティア部に決めた私は、青木君はどこにしたかと聞くチャンスを伺っていた。

今までの小学校だったら、男子も名前呼びの子が多かったからあんな風に言ってしまったけど、きっとお金持ちの学校の子はそんなことをしないんだ。きっと、ぶしつけなことを言ってしまったのだろう、ちゃんと謝らなきゃとそわそわしていると近くの席の子が声を掛けてくれた。

「ねえ、倭村さん、どこにした？」

「あ、えっとね、ボランティア部！」

「あ、本当に！　良かった、ボランティア部の説明聞いてるの見たからもしかしたらと思ったんだ。私もボランティア部だよ」

「本当！　嬉しい！　じゃあ、杉浦さん、一緒に初めての活動に行こう！」

「うん、勿論！　あ、それと、由紀子でいーよ。倭村さんも木実って呼んでいい？」

その言葉に思わずキョトンとしてから口を開いた。

「……お金持ちな学校の子は名前呼びをしないんじゃなかったの？」

「えー、何それ！　そんなこと無いよー！」

笑っている由紀子ちゃんの言葉にちょっと固まる。

あんなことを言って自分を誤魔化してたけど、やっぱり青木君は私に名前を呼ばれたくなかったんだ。


あれから何週間か経ったけど、結局青木君には話しかけられないままだ。

部活に入って、先輩達は優しいし、クラスの子とも話せるようになって浮いてる問題は解決したのに、やっぱり時々思い出しては落ち込んでしまう。

「おーい、どうした、倭村ちゃん。元気無い？　可愛い顔が台無しだぞー」

「……先輩、頭ぐしゃぐしゃになるので止めてくださいー」

「あ、ごめんね。ウチの犬思い出して、つい」

「犬じゃないですー」

「あはは、ごめんねー。でも、本当に調子悪いなら言ってね」

「ありがとうございます。あ、何かお仕事来てたりしますか？」

ボランティア部の活動は校外のボランティア活動に参加したりもあるけど、主な活動は校内の雑用を引き受け、その返礼をためて学校の新しい備品を購入したりすることだ。

豪華な備品は保護者からの寄付でまかなっているが、先生方にはこれ買ってと言い出しにくいものをウチの部活で購入するのが醍醐味らしい。

前に購入したものは図書館に置いた流行りの漫画全巻やおでんやアイスの自販機らしい。

なかなかに次に購入するものが楽しみだ。

そんな感じなので他の生徒からも評判が良く、部費が余ってる部活や忙しすぎる委員会などに依頼を受けているらしい。

また、中等部と高等部で部活は分かれているが、高等部の方とも交流会があったりするらしく、ちょっと楽しみだ。

「あ、今日は天文部からチラシの作成と配布の依頼が来てたのが出来たから貼ってくるとこだよ。見て見て、上手に出来たでしょう？」

見せられたチラシを見てちょっと驚く。

よくあるプリント紙に印刷のようなものではなく、つるつるとした紙に美しいイラストの本当に立派なチラシだった。

　すごいなあと思いつつ、その絵に描かれた流れ星を見て、また思い出してしまう。

　ちょっと落ち込んでいると、同じようにチラシを覗き込んだ同じ一年生の子が歓声を上げた。

「すっごいですね」

「ねー、流れ星、綺麗ー！」

「あ、流れ星と言えば、青木君って知ってる？」

　急に出てきた名前にどきっとする。

「えっと、同じクラスだよ」

「あ、木実ちゃんのクラスかあ。いや、あの子の名前って下の名前が流れ星って書いて流星で、フルネームで青木流星でしょ。昔流行ったアニメなんだっけ、えっと、主人公の髪が青くて悪魔倒すやつ」

「あー、なんかあったね。って、ああ、必殺技と駄々かぶりじゃん」

「そうそう、漢字は違うんだけどね。そしたら、馬鹿男子がからかっちゃってさ、青木君、あんまり下の名前名乗らなくなっちゃったんだよね。アイツらまたなんかしてきたらちょっと言ってやってよ。青木君可愛いからってねたんでるんだよ、アイツら」

「えー、そんなに可愛いの、青木君」

「そうそう、本当に女の子以上に美少女」

　その会話に思わず立ち上がって、口を開く。

「あ、えっと、先輩、これ、どこに貼れば良いですか？」

「あ、そうだね、学校内の掲示板だよ。昇降口の大きいのには三枚で、あとは一枚ずつ」

「じゃあ、私、その辺りのヤツ貼ってきます！」

そう言って、チラシを数枚つかんで、部室を出る。

なんかもう、心がいっぱいだった。

私、嫌なこと言っちゃったんだ。青木君が困った顔してたのに、調子に乗って、あんなこと言って困らせたんだ。

きっと、嫌われちゃったよね。ううん、多分、嫌われちゃった。

急ぎ足で昇降口に向かう。部活に入ってない人が帰る時間と被ってたみたいでまだ賑わっていた。

掲示板のどこに貼ろうかと見ると、上の方が空いていた。

椅子を近くからもってこようか。でも、背伸びしたら届くかな。

限界まで背伸びをして、画鋲で留めようとした瞬間、背伸びしてた足がぐらついた。

手に持ってたチラシが散らばる。

昇降口はまだ賑わってて、気付いてない人が踏みそうになる。

「す、すみません。踏まないでください！」

私の声に顔を上げると、足元のチラシを見て、立ち止まる。

必死に拾うけど、つるつるした紙は拾いにくい。

立ち止まり、迂回したせいで昇降口のあたりが混んできて、文句がちらほら聞こえてきた。

必死になるけど、やっぱり手がすべって上手く拾えない。

どうしよう、どうしようで泣きそうになっていると、

「……倭村さん、これ」

小さな声が聞こえた。

顔を上げると青木君がやっぱり困ったような顔で立っていた。

手にはチラシを持っている。

周りを見ると、立ち止まってくれていた人達はもう動き出していて、文句は聞こえていなかった。

「あ、ありがとう」

「……うん。……えっと、これ、貼るの？」

「あ、うん。あそこの上の方」

「……じゃあ、俺、手伝おうか？」

「え、でも、その」

「……一応、俺、倭村さんよりは、身長ある……」

「あ、違うの！　えっと、ありがとう。お願いします」

頷いて、チラシと画鋲を持って、上の方に貼ってくれる。

慌てて、チラシを抑えて、貼りやすいようにする。

近い距離に何故かドキドキした。

三枚目を貼り終えて、こっちに向き直る。

「……えっと、これで、大丈夫？」

「うん、ありがとう。……えっと、その、名前呼びごめんね。気にしてるって聞いて、その、あの」

慌てる私に青木君は小さく首を振って、やっぱり困ったように笑う。

「……気にさせて、ごめん。……気にしてない、から」

「あ、うん、そっか。その、今日はもう帰るの？　部活は？」

「……入ってないから、もう、帰る」

「そっか、その、今日はありがと、また明日！」

焦りつつも何とかひねり出したその言葉に青木君はちょっと笑った。

「……うん、また、明日」

その笑顔は入学式で私を助けてくれた時と同じで、一瞬固まった。

「あ、倭村ちゃんいたー。張り切るのも良いけど、割り振りちゃんとしてから行こうね……、え、ちょっと大丈夫、顔色変だよ！」

「だ、大丈夫です！　えっと、すみませんでした。続き行きましょう」

「え、本当に大丈夫？」

「はい！　あっちの掲示板次行きます！」

早歩きで向こうに向かいながら、考える。

ああ、そっか、一目惚れだったんだ。優しくて、でも何でか困った顔で笑う青木君の普通に笑った顔が見たかった。

あの時、好きになって、だから気になって、こんなにこんなに悩んでた。

名前呼びで困らせちゃった。他の子だったら、ごめんねって言って、反省して終わりだったのに、やり直したいって思うくらい気になって忘れられなくて。

あの困った顔を思い出すと声も掛けられなくなるくらい、ずっと気になって悩んでる。

「ちょっとー、もう元気すぎだよー」

先輩の声に我に返って、深呼吸。

頑張ろう、頑張ったら、ちゃんと話しかけられるのかな。

臆病になってしまうけど、でも、頑張ろう。

そう思ってにっこり笑って振り返った。


あんな気持ちに気付いてからもう二年以上、頑張っては空まわって、臆病になって。

結局、進めないまま、勇気を振り絞って立候補した係の仕事。

あの時と比べたら距離はずっと近くなったけど、やっぱり色んなことが気になっている。

前の席もろくに見れないまま、食事をしていると、呆れたような声がかかった。

「おーい、桜宮、大丈夫か？　上の空だぞ」

「あ、ごめん、何でもない……きゃあ！」

「ちょっ⁉　水！」

「ごめん！」

水をこぼしそうになった桜ちゃん先輩が慌ててコップを押えて、同時に押さえようとしてくれた篠やん先輩と手が重なりそうになって、真っ赤になってまたこぼしそうになって慌てている。

思わず小声で隣の桜ちゃん先輩に声を掛けた。

「えっと、大丈夫ですか？」

「うん、ごめんねー。今日はずっとそわそわしちゃって。……ここのテーブル思ったよりも近くて。正面でご飯食べるの緊張するー」

そう言って、篠やん先輩の方をちらちら見る桜ちゃん先輩は可愛い。

係で一緒になって仲良くなった桜ちゃん先輩は本当にバレバレなほどに篠やん先輩のことが好きだ。

篠やん先輩は確かに本当に優しくて頼れる良い先輩で、桜ちゃん先輩が好きになるのも分かるなあと言った感じの人だ。だけど、本当に鈍いのか、桜ちゃん先輩の必死のアピールをスルーしっぱなしである。

桜ちゃん先輩はそんな篠やん先輩に落ち込んで浮かれて、見てるこっちも恥ずかしくなるくらいに一生懸命恋している。

……臆病な私にも勇気が出るくらいに、本当に頑張って頑張って恋してる。

「えっと、分かります！　緊張します！」

「木実ちゃんはいいよ、可愛いもん。もう最初から、すっごい可愛いよ！」

「え、桜ちゃん先輩の方が可愛いですよ！」

「女子達、二人だけでこそこそ盛り上がるんじゃなくて、男子も交えて会話しない？」

こそこそと小声で話し合ってると、篠やん先輩から呆れた声が掛けられて慌てて二人で前を向く。

青木君とばっちり目が合った。

ちょっと固まりつつも、桜ちゃん先輩とのお話でリラックスできたおかげでにっこり笑って口を開く。

「このお好み焼き美味しいね！　青木君、お好み焼きって家で食べたりする？」

「……えっと、家ではあんまりだけど、……広島に行った時にお店で食べた……」

「そっか、広島のお好み焼き美味しそう！」

にこにこ笑っていると、青木君がちょっと笑って頷いた。

心臓が小さくはねる。

「えっと、なんか変⁉」

「……あ、ごめん、その……今日、ちょっと、元気なかったから、元気になったみたいで良かったなって」

その言葉にやっぱり心臓がはねてばくばくだ。

ずっと、近づけなくて、遠くから片思い。

ちょっと近くなってもやっぱり色んなことが気になって、こんなに落ち着けない。

……だけど、

「……ひょっとして、お好み焼き、苦手だったか？　無理して食べなくても、他のメニュー……」

「ううん、大好き、お好み焼き！　一番の大好物だよ！」

「……お、おう？」

隣の可愛い先輩もおんなじようなことで悩んで取り乱して、それでも頑張ってるから私も頑張ろう。

「最初のうちはじっくり味わってたから、これからはどんどん行くんです！　ね、桜ちゃん先輩！」

「そう、そうなの！」

助かったっていうように桜ちゃん先輩がこっちを見るけど、多分こっちの方が助かってる。

先輩の恋は私の恋にも力をくれるのだ。

だから、

「篠やん先輩は、もっと女の子をちゃんと見るべきです！」

「う、それ、最近、貴成達にも言われるんだよなー」

早く気付いてあげてくださいよ、篠やん先輩。

青木君に元気をくれた篠やん先輩のこと私も尊敬してるけど、それ以上に青木君が篠やん先輩尊敬して大好きなの、本当はちょっとジェラシーなんですよ。

早くひっついちゃって、桜ちゃん先輩を幸せにしてください！

そんな風に思って大きく頷いた私に青木君が笑って頷いたのが、嬉しくて楽しくて、やっぱり私も笑った。

黒の攻略対象者

木の上で音楽を聴きながら、コンビニで買ったパンをかじる。味気ないと言われればその通りだが、まあ家での食事に比べたら何倍もマシだし、木の上は好きだ。

アイツらに言われてから、授業をサボるのは大分控えるようにしたがそれでも時々面倒くさくなり、ここに来てしまう。

アイツらは怒るかもしれないが、別に俺の意識が変わろうと家での邪魔者扱いは変わらないし、急に真面目になりすぎて変なことを邪推されても困る。

パンを食べ終わったところで、自分の座っている木が不自然にゆれた。

咄嗟に物が落ちないようにバランスをとり、原因はと下を見て半目になった。

これと言った特徴の無い平凡な顔、強いて挙げるなら真面目そうなのだが、悪戯げな顔で笑ってる今はその限りではない。そして、決して平凡な真面目君ではないことを最近身をもって知った。

呆れを隠さずにため息をついて声を掛ける。

「なんか用な訳？　危ないだろうが、篠山」

「いや、授業終わったばっかなのに実にくつろぎきった感じでそこにいたから思わず。まあ、サボりに対する鉄槌ってことでいいだろ。お前、運動神経良いから落ちねえだろうし。それにしても、授業出なくても大丈夫な頭の良さむかつくわー」

そんな風に言って笑っているが、コイツに言われてもと言った感じである。

一応俺は中学までは跡取りとして徹底的なスパルタで教育がなされていて、高校までの勉強は一応終わっている。と言うか、この学園は一応上流階級の家ばかりでそれなりの高等教育がなされた奴らが多い。

そんな中で外部入学組の普通の家で育ったコイツが常にテストの上位をキープしているし、体育祭の時やケンカの時も思ったが運動神経もなかなかのものである。しかも、俺と違って友達も多く、先生達からの評判もいいとどう考えてもかなりのハイスペックなのだがあまり自覚は無いらしい。

……まあ、コイツの幼なじみだと言う赤羽は俺にも噂が届くくらいの完璧超人らしいからそれの影響かもしれないが。

「ま、いいや、黒瀬暇だろ。ちょっと来い。そんで、黄原の姉ちゃんの作ったお菓子一緒に食おうぜ」

「……何でだ？」

桜宮曰く超の付くお人好しだと言うコイツが色々ちょっかいを掛けてくるのはもう慣れてきたが、コイツの友達だという奴らとは仲良くなった覚えは無い。

むしろ、赤羽なんかには警戒した目で見られていたし、仲良く一緒にご飯という感じでは全くない。

本気で意味が分からないといった視線に耐えきれなくなったのか、篠山はちょっと目を逸らして呟いた。

「……黄原の姉ちゃんの本気の悪戯再び。魔のロシアンルーレットなお菓子なんだけど、外れがヤバすぎて挑戦者がウチのノリのいいクラスでも居なくなった。残して帰る選択肢は黄原的に残されてないらしいから、消費付き合え」

「その説明で俺が行くと思ってる訳？」

「いや、無理矢理連れてく！　つーか、お前のせいで俺生徒会役員なんだけど！　責任取れ、責任！」

「知らねーよ。……と言うか、クソジジイが言ってたヤツお前になったのか」

「そうなんだよ！　と言うか、やっぱお前も親から言われてる組だったんじゃん！」

「何であのクソジジイの言うこと聞かなきゃいけねーんだよ」

「……ああ、お前はそう言うな！　そうだな、そうなんだけど！」

何故か頭を抱えて、悩み出してしまった篠山を呆れた顔で見る。

……まあ、コイツらが居なかったらもしかしたら受けたかもしれないのは秘密である。

あのクソジジイが俺にもう何の期待もしていないのは分かっていたが、あのクソみたいな家で少しでも前みたいにまともに過ごせるかもしれないなら、以前の俺ならその可能性にすがってしまっていたかもしれない。

……だけど、まあ。下で頭を抱えるコイツと内申点とか言いながらもずっと声を掛けてくるあの女のおかげでちょっとだけ心が軽くなったから。世界はあの家で終わってる訳じゃないと思えるようになったのである。

絶対にコイツらに言うつもりは無いが。まあ、感謝していなくもない。

「だー、もういいや、来い！」

「行かねえよ」

「いいから、来いや。お前は何だかんだ言ってツンデレだから、粘れば来るってバレてんだよ。時間掛けさせんな！」

「……おい、そのうざい言いぐさ止めろって言ったよな」

イラッとして睨むがムカつく顔で笑い返される。

この顔になったコイツはかなりしつこいのは、あまり長くはない付き合いでも既に読めている。

諦めるしかないかと木から下りるとまたニヤッと笑い、

「ツンデレ」

と言ってきたので思わず殴った。


篠山に連れて行かれ教室に入ったところで思わず顔が歪んだ。

「あ、黒瀬、またサボったでしょ！　ちゃんと受けなさいよー」

入った瞬間、俺に気付いた染谷が俺の所にやって来て、小言を言う。

思わず篠山の方を振り返るが素知らぬ顔でお菓子を囲んで騒いでいる集団の方に行ってしまった。

確実に確信犯である。

「別にお前に関係無いだろ」

「あるわよ。内申点の面で割と当てにしてる。先生、前に頑張ってるな、助かるって言ってくれたもの。と言う訳で、ちゃんと出なさいよ。最近、ちょっとマシになったんだから。勿体ないわよ、色々と」

そう言ってため息を吐く染谷から顔を逸らす。

一応、感謝はしているのだ、篠山にも染谷にも。だが、染谷のことはずっと前から苦手だ。むしろ嫌いと言っていいほど、俺はコイツのことが苦手だった。

＊＊＊

染谷と初めてちゃんと話したのは、入学してすぐ、早々に色々なことをサボったり、教師に反抗的な態度を取ったりする俺を周りが遠巻きにし始めた頃だった。

俺が教室に入った瞬間、少しだけ静かになる教室。そんな空気を一切読まずに話しかけてきたのが、染谷だった。

「あ、黒瀬、これ昨日出た課題なんだけどさ、先生がこの課題はテストの点にも入れるとか言ってたからちゃんとやらなきゃヤバいよ。昨日、居なかったから、一応伝えとくね」

突然声を掛けられたのと、その内容に少し驚きながらも口を開く。

「……お前、誰？」

「あ、自己紹介とかも居なかったっけ。私、染谷凜《りん》。風紀委員だよー、よろしく！」

そう言ってにこにこと笑う染谷に、なるほど、真面目ちゃんな女子が良い子アピールで話しかけて来たのだろうと思った。

「……あっそ、そりゃ、どーも」

明らかに適当そうに、いっそ皮肉っぽく笑って返事を返してやる。小馬鹿にするような反応を返してやればこういった女子はすぐにこういうことをしなくなるだろう。

だけど、コイツはそんな俺の態度に、目をパチパチと瞬かせて呟いた。

「黒瀬、ムカつく反応返すねー。止めといた方が良くない。せっかく、顔が良いのに、勿体ない」

その予想外の反応に少し驚く。だけど、俺が何か言おうとする前に、染谷が周りの女子に呼ばれたことでその会話は終わった。

この時の第一印象は、ただただ変なヤツだな、それだけだったし、こんなお節介にもすぐに飽きるだろうと思っていた。

だけど、染谷のこのお節介は顔を合わせる度に続き、時にはサボった俺を探しにくるようなこともあった。それが、何度も続いた頃、その態度は一体何が目的かと聞いた時のことは印象的だ。

染谷は俺の質問にそれはそれは朗らかな笑顔でこう答えた。

「え、内申点のためだよ」

「は？」

「いや、私、特待生でさ、なるべく先生からの評判良くしたいんだよね。そしたら、クラスにとっても分かりやすい不良君。橋渡しくらいやったら、評判良くなるかなと」

あまりに明け透けな言葉と、それをよりにもよって俺に言うのかと絶句する。

そんな俺を見て、吹き出した染谷は笑いながらこう続けた。

「いやー、ここで、一目惚れとか言ったらどうなるかなとちょっと思ったんだけどさ、見るからに嘘ってバレそうじゃん。なので、正直に言ってみました。……それに、勿体ないと思うし」

「何がだ」

「いや、黒瀬の色々が。頭良いんでしょ、先生が言ってたの聞いちゃった。それに、運動神経良さそうだよね。木から飛び降りたの見て、あまりの軽やかさにちょっとビックリした。それに、髪は派手な色だけど、それが似合っちゃうようなイケメンだしさ。……きっとさ、黒瀬がやろうと思ったら何にでもなれるんだろうに、わざわざ皆からの評判を悪い方に持ってって、勿体ないなーと思うわよ」

その笑顔と言葉にどうしようもなく苛立った。

勿体ない？　あの家で俺はもうこれ以上どうしようもないのに。

無理矢理に色々なことを詰め込んで、いらなくなったから捨てて。これからは自由にしてくれと言われても、あの家で俺は今までやりたいことを思い浮かべる自由すら無かったのに。

気がつくと染谷が驚いた顔で立っていて、転がった机と椅子になるほど俺はこれを蹴飛ばしたのかと思う。

「……勝手なこと、言うんじゃねーよ」

周りがざわつく中、俺に睨み付けられた染谷はそれでも困ったように笑ってってって。

その場を立ち去っても、その笑顔が思い出されてムカついてたまらない。

それ以来、俺は染谷が心底苦手になった。

俺が染谷のことを心底苦手になってからも、アイツのお節介は止まることはなく。更に邪険になっていく俺の対応を気にすることもなく、アイツは俺に声をかけ続けていた。

文化祭が近づいて校内がどこもかしこも騒がしくなり、もう一人の物好きである篠山が俺に声を掛けてくるようになっても、それは変わらず。

更に苛立つようになった頃、ある噂が流れた。

染谷の父親が犯罪者だという何とも耳障りな噂。その噂は上流階級の家が多く醜聞を嫌うヤツが多いこの学園で人の輪から外れた俺にも届くほどに一瞬でかつ盛大に広まった。

その噂を信じた訳ではなかったが、染谷と顔を合わせた際、あまりにいつもと様子が変わらず拍子抜けしたのは覚えている。

「あー、黒瀬、補習出なかったでしょ！　先生、探してたわよ！」

あまりにいつも通りの小言に、いつも通りの態度。周りの遠巻きにこちらを伺う態度なんて意にも介さず普通に接してくるそれに、やはりあの噂はデマかと納得して、それをいつものように無視する。

立ち去る前に見たその姿はやはり前を向いて、そしていつものように笑っていた。


その日のもう日も落ちきった頃、もう人もほとんどいなくなった廊下を歩いていた。

家に居たくないからと遅くまで学校に居座っているが、そろそろ移動してもいい頃合いだ。

ゲーセンはすぐに飽きたし、飯には深いこだわりは無い。人が集まる所は好きではない。

だから、今日も街を当てもなくぶらついて、ケンカをして、そして、あのどうしようもない家に帰るのだ。

教室の前の廊下のロッカーに入れっぱなしだった荷物を取りに、教室まで来たとき教室の明かりがついているのに気付き、舌打ちをする。

誰かに会うのもだるいからこんな時間まで校内をあまりうろつかないようにしていたというのに。

しかも、残っているのが染谷だったら面倒くさいことこの上ない。

教室の窓から誰が残っているのかを確認しようとして、そして固まった。

中に居たのは染谷だった。教室の隅で俯いて、今にも泣きそうな顔で一人きりで立っていた。

一人で深呼吸を繰り返して、涙が零れそうな目を手でこすり、唇を噛み締めているその姿は今まで見てきたあの笑顔と少しも重ならない情けない姿だった。

その姿に不意に悟る。あの噂はデマなんかじゃなくおそらく真実なのだと。

そして、染谷は傷付いたことを誰にも悟らせず、ここで一人でいるのにそれでも涙をこぼせないのだと。

そのまま、音を立てずにその場を立ち去った。染谷が決して俺に気付かないように、あの必死の意地を傷つけてしまわないように。

その数日後の文化祭で起きたことは、……どうしようもなく忘れられないだろう。

明らかに誰かに仕組まれてきっと騒ぎになるだろうケンカに何の策も無く突っ込んできた、馬鹿すぎる篠山のことも。

何故かあれに助け船を出し、染谷と……主に篠山のことを必死に語って見せた桜宮のことも。
気まぐれで出て見せた体育祭で、遠巻きにするクラスメイトの中、本当に嬉しそうに笑って声を掛けてきた染谷のことも。

家でのことがどうにかなった訳ではない。以前と変わらず厄介者扱いだ。

だけど、何故か分からないほど心が軽くなったあの文化祭を俺はきっと忘れられないだろう。

＊＊＊

小言を続けていた染谷をうんざりした顔で見ていると、騒いでいた連中から声を掛けられた。

「凜ちゃん、食べる順番！　逃げるの禁止！」

口を押さえながら、泣きそうな顔でそう声を掛けてきたのは桜宮だ。

逃げるの禁止と言いながら、本人が逃げたそうだ。

そんなにマズイのに逃げないのは、あの輪の中に篠山がいるからだろう。

少しでも側に居たいのだろう、その姿勢には感心しなくもないが、何故か篠山には全く伝わっていないらしい。それなりにハイスペックなアイツの分かりやすい欠点であるのだろう。

「はーい、分かった、今行く。黒瀬も篠山に誘われたんでしょ。行くわよ」

「……見るからにヤバそうなんだが？」

「んー、でも、使ってある材料良い物っぽいしさ、当たりは美味しいわよ。それに、私、お残ししたくない。どんな物でも食べきる！」

何故か妙に燃えている染谷に引っ張られ、その集団の方に向かうと、制服を着崩し、チャラそうな格好をした男子が勢いよく振り返って、顔を輝かせる。

「あ、黒瀬、いらっしゃい！　どんどん、食べていってよ、マジで！」

「はいはい、智、テンションうるさい」

「だって、残して帰れないし！　だったら、夕美が姉ちゃんに言ってよ！」

「嫌よ、最近、咲姉にはお菓子作りの練習とかでお世話になってるんだから。……瀬君も、良かったら助けてくれると嬉しいわ」

同じクラスの暁峰が黄原を抑えながら声を掛けてくる。

近くにいた白崎もそれを見て笑いながら、場所を空けてくれる。

普段は遠巻きにされているのに、自然に迎え入れられた人の輪の中、勧められたお菓子を口にする。

さっきの言われようで覚悟していたものと違って、普通に美味かった。

「……美味いな」

「嘘、黒瀬君、当たり⁉」

「桜宮、さっきからハズレばっかだよな」

何故か大げさに驚く桜宮に篠山が笑っている。

まあまあお似合いっぽい二人を見て、ふと、染谷の方を見る。

口を押さえて、水を片手に必死になってる所を見るにハズレだったらしい。

飲み込んで、勝ち誇ったように笑っている。

風紀

それを見て、何となく笑うと近くにいた桜宮に声を掛けられた。

「……えっと、黒瀬君、凛ちゃんのこと、どう思ってるの？」

小声で尋ねているが好奇心で輝きまくっているその顔に、思わず呆れたような息を吐いて答える。

「割と苦手」

「えっ、嘘！」

思わずと言ったように出た声は思ったより大きかったらしく、集まった視線に大慌てで誤魔化している。

こんなに色々と出やすいヤツの好意に篠山が何故気付かないのか本当に不思議である。

何故か文句ありげに、こちらをチラチラと見る桜宮に、ふと、コイツの文化祭での言葉を思い出した。

染谷のことを格好いいと言ったコイツはきっと知らないのだ。

染谷が周りに強がって、そして、一人になっても泣けなかった時のあの情けない姿を。

染谷に感謝はしている。だけど、やっぱり苦手なのだ。

会ったばかりのヤツに色々とずけずけと言うくせに、一番嫌で嫌でしょうがなかった家のことは一切触れたことの無い察しの良さが。

内申点とかふざけた感じで言うくせに、勿体ないよと言う時に少しだけ困ったように笑うその顔が。

いつも笑っているその顔はきっと、必死に作った強がりであることが。

一人きりでも泣けやしないあの不器用さが。

どうしようもなくムカつくのだ。
だから、いつか泣かしてやるのだ。
あの作った笑いを取っ払って、俺の前で泣かせてやれたら。
あの強がりが踏み込ませない境界線を越えられたなら。
きっと、このムカつく感情を無くすことが出来るのだろう。

黄のライバルキャラ（一）

テーブルの上に並ぶのは色とりどりのお菓子。

そして、それを囲むのは仲の良い友達とその友達が連れてきたこれから友達になれそうな子達。

そんな楽しい状況のはずなのに、私といえばぐったりとして今にもテーブルに突っ伏しそうになっているだろう。

いつもは明るい凛も遠い目をして私と同じくらいぐったりしている。

そして、そんな私達二人を見て、気まずそうな桃や詩野、そして、本当に申し訳なさそうな月待さんと倭村ちゃんだ。

いつもならせっかくの楽しいお茶が台無しよとか言って取りなすところだろうが、今はそんな余裕は無い。

それくらいに酷かったのである。この子達に教えるお菓子作りの会が。

何が起きたのかと聞かれたら、色々と答えるしかないが、今思い出せるだけでも、お菓子作りにもなれてきたからとおかしなアレンジをごく自然に加えようとする桃、計量スプーンや量りの存在がかすみそうなほど大ざっぱに突き進もうとする詩野。

そして、いつも通りのそれに気を取られている間に、気を使って他の作業をやってくれようとしたのはありがたいのだが、生地を切るように混ぜるという文章を読んで包丁を取り出しボールに突っ込もうとする月待さんに、オーブンが温まる前に生地を入れてしまい膨らまない生地にアタフタする倭村ちゃんというこっちも放っておけないやらかしが多すぎた。

敗因は間違いなく教える側の不足だろう。次やるときは絶対に、隣の咲姉を呼んでこようと心に誓う。

弟である智に対するいじりでものすごいものを作り出したりするときもあるが、普段はとっても優しくて、黄原のおばさん達にも頼りにされている頼れるお姉さんなのである。

私よりも一足先に復活した凛がよしと呟いて顔をあげる。

「気を取り直して、お茶にしましょう！　フォローは私と夕美で頑張ったし、食べられる物になっているはずだもの！」

「ほ、本当にごめんね。凛ちゃん、夕美ちゃん」

「うん、私も迷惑掛けちゃって」

「……ふふ、桃と詩野のやらかしもそろそろなれてきて油断した私と夕美が悪かったのよ、ええ。絶対、食べきってね、これ。材料ただじゃないんだからね」

いや、全然復活していなかった。黒いオーラ全開で食材の値段を食費換算し始めてしまった。

特待生やってる彼女は普段は明るくウチ貧乏だよ、それで？　と言った感じだが、時々この手のスイッチが入るとやばい。

さっきから申し訳なさそうだった新入りの二人が更に申し訳なさそうな顔になってきてしまって

いる。

これはヤバいと私も顔を上げてパンパンと手を叩く。

「はいはい、反省点は次回に持ち越しってことで、お菓子を楽しみましょう。せっかく作ったんだから、出来立ての方が美味しいわ」

その言葉に桃や詩野の顔がホッとしたようになり、新入り二人もおずおずとお菓子に手を伸ばす。

お菓子を口に入れて嬉しそうな笑顔になるのを見て、次も頑張って教えてあげようと思わされるのはずるい気がする。

そんな気分のままにこにこと嬉しそうにお菓子を頬張る桃を見て、思わずこう言った。

「ねえ、桃、最近、篠山君とはどうなの？」

その瞬間、桃がグッと詰まり、周りの顔が輝きだす。

この分かりやすい友達の恋愛模様は私達共通の楽しみだったりするのだ。

「……どうって言うか、何と言うか、連敗中だよ。いや、私の最初の方の態度が悪かったのは分かってるんだけど。でも、何で気付いてくれないのー」

口を尖らせて、いじけだしてしまった桃は言っちゃ駄目なのかもだけど可愛い。ほっぺをつつきたくなってしまう。

周りを見ると私と同じような顔をしていた。

その視線に気付いた桃がハッとした感じで顔を上げて、宣言した。

「取り敢えず、お菓子作り上達させてバレンタイン頑張る！　それでアピールするの！　はい、それじゃあ、次は詩野ちゃん、最近恋バナ無いの⁉」

自分が逃げるために全力で詩野に話を振った。

それはバレバレなのだが、あんまりそういった話を聞かない詩野の話は興味がある。

凛も同じようで、嬉々として桃の言葉に便乗していた。

新入りの二人も興味があるようで、そわそわしている。

詩野は周りの空気を見て、仕方なさそうに話し出す。

「私には、そんな皆が楽しみにしてるような恋バナとかないよ。恋愛とか分かんないし。それに私、男子受け悪いし」

「えっ、そんなに可愛いのにですか！」

倭村ちゃんが驚いたように声を上げた。

ちなみに私も同意見だ。三つ編みに眼鏡といった普通だったら地味になってしまいそうな感じなのに、詩野は清楚で可愛らしい印象で全然地味になっていないのである。

「うーん、私って大人しそうに見えるでしょ。それなのに気が強いから、男子はイメージと違うって言って引いちゃうんだよね。まあ、そういう話苦手だから良いんだけど」

その言葉に倭村ちゃんと月待さんが不思議そうな顔をしているけど、前からの友達である私達はあー、うんと言う顔だ。

確かに詩野は文学少女な感じの見た目と違って、気が強くて、大ざっぱで、ハッキリとした性格だ。

だけど、そういう所も格好いいのに、それが嫌とは……見る目が無い男どもである。

「あ、でも、白崎君は詩野ちゃんのそういう所、格好いいって言ってなかった？」

桃が目を輝かせて、そう言った。

その言葉を聞いた詩野は何とも言えない顔をして、口を開く。

「いや、私、結構、白崎君に色々と言ったのに、そんなこと言うとか本当訳分かんないというか。と、言うか、あの人自体結構面倒くさくて、訳分かんないと言うか……この話、終わり！　こういうの苦手！　はい、次、凛ちゃん」

そう言って、話を無理矢理切った詩野にちょっと苦笑いだが、まあ苦手と言ってるのに無理強いはいけない。

次に話を振られた凛はおそらくクラスで聞かれた時と同じ返しだろうし、同じクラスの私にとっては面白みがない。

お菓子に手を伸ばし、口にする。焼きたてなだけあってまあまあイケるのだが、やっぱり口の中にちょっとざりざりと残るものがある。次回に向けての課題だ。

そんなことを考えていると、凛がいつもの調子で話し出した。

「私、忙しくて、恋愛とか今は無理かな。特待生だから成績落とせないし、風紀委員の仕事もあるし、夏休みとかはバイトしたいし」

「あら、黒瀬さんによく構っていると噂で聞きましたが」

月待さんがお菓子片手に不思議そうな顔をしている。さっきから嬉しそうにお菓子を口に入れてはニコニコしていて微笑ましかったのだが話は聞いていたらしい。

「あー、それかあ。いや、別に、そういった感情じゃなくて、黒瀬と先生の橋渡しで内申点稼げないかなとか、せっかくのスペックを無駄にしまくるの勿体ないとかそんな感じで構ってるだけだよ。そもそも、黒瀬には苦手って言われてるしね。だから、今は人に恋愛話聞いて楽しむだけでいいや。じゃあ、さっきから楽しそうな月待さん、どうぞ」

その言葉に苦笑する。黒瀬の苦手は本当にそうか微妙な所なのだが、まあ、突っ込むと面倒くさそうな感じなので放っておこう。

「私ですか。あ、皆さん、麗と呼んでくれると嬉しいです」

学校でも有名なお嬢様だけど、結構気さくににっこりしてそう言ってくれる。ありがたく、そう呼ばせて貰おう。

すると、ふわりと笑って話し出した。

「ファンクラブの会長とか言われて噂にもなってるので知ってるかと思いますが、私は貴成さんが好きです。女性が苦手な方なので、あまり嫌がられないように距離を詰めていきたいと思ってるので内緒にしてくださいね」

「あら、ファンクラブのことでバレてるんじゃない？」

思わずそう聞くと、困ったような顔で話し出す。

「……その、貴成さんには高校では平和に過ごしたいからそういう風に言ってもいいかと許可を取ってあるんです。ですので、私の好意からではなく、親からの横やりを防ぐための嘘だと思われてるみたいです。……それに、ファンクラブのこともこんな感じにするのではなく、ちょっとファンだと噂を流してもらえれば良かったんですけど。何でこうなってしまったんでしょう」

ずーんと落ち込みだした麗に苦笑する。見るからにお嬢様でクールな感じの雰囲気で誤解していたが、結構空回りで天然な桃と同類かもしれない。

「まあ、いいです。えっと、じゃあ、倭村さん、どうぞ」

落ち込みから立ち直って倭村ちゃんに話を振る。倭村ちゃんはワタワタと話し出した。

「あ、私かあ。えっと、どうしよ。あ、それと、先輩は皆、木実でいいです！」

その言葉に麗の時と同じように皆が頷くと真っ赤になった木実が話し出した。

「えっと、その、私は、同じクラスの青木君が好きです。その、中等部の入学式の時に道迷ってたら助けてくれて、一目惚れして。なかなか勇気が出なくて進展なしだったんですけど、桜ちゃん先輩のおかげで勇気が出て、これからもっと頑張りたいなあって。なので、今回、お菓子作り上達したくて、お邪魔させてもらいました。ありがとうございました！」

真っ赤な顔をパタパタ扇ぎながら、それでもはにかむような笑顔で話してくれた木実に思わず手が伸びる。

頭を撫でると髪はふわふわだった。うん、可愛いなこの子。

「もう、暁みん先輩！　小動物扱いしないでください！」

「あ、ごめんね……暁みん？」

「あ、すみません、その、黄原先輩がやってた名字のあだ名、他の人はどんな感じになるかなと考えてたら、つい。えっと、黄原先輩からはどう呼ばれてました？」

ああ、そう言えば智のあのあだ名に珍しく好意的な反応の子だった。

ちなみに凜には染っち、詩野には香具やんとか呼んでたりする。二人とも拒否はしなかったけど、微妙な反応だった。

「いや、普通に夕美よ。お隣さんの幼なじみだし。木実は好きに呼んでいいわよ」

「そうなんですか、ありがとうございます！　あ、じゃあ、次は暁みん先輩どうぞ！」

「ああ、私で最後かあ。ラストに悪いんだけど、私も特にそういった話は無いのよね。ごめんね」

「え、黄原君は違うの？」

桃が不思議そうに聞いてきたその言葉に何でか固まった。

よく聞かれることでいつもは普通に流していたのに何故だろう、今日の恋バナの楽しい雰囲気に流されたからかしら。

「いや、ただの幼なじみよ。つまらなくて悪いわね」

「え、でも、幼なじみからのラブとか王道じゃない？」

「あのねー、幼なじみっていうフレーズに夢見すぎ。ただの小っちゃい頃からの知り合いってだけだからね」

そんな風にいつものように返して、会話は次の話題に流れていった。

「今日はありがとう、すごく楽しかった！」

「うん、私も楽しかった。本当にありがとう」

「ありがとうございました！　次はもっと頑張るんでまた教えてください！」

「お喋りもお菓子作りもすごく楽しかったです。良かったら、また誘ってください」

「今日はありがとね、じゃ、また学校で」

「はいはい、こっちも楽しかったわ。また、誘うわね」

そんな風に笑顔で言ってくれる言葉にこっちも笑顔で返して友人達を見送った。

部屋に引っ込んで、ソファに座り、ほぉと息を吐く。

片付けはあの後皆でやったから終わってるし、疲れたけど楽しかったから充足感がある。

ちょっとうつらうつらしながら、今日の恋バナで聞かれたことについてふと思い出した。

当然のように聞かれた「黄原君は違うの？」という言葉が何故か頭に残る。

違うわよ、私にとって、智は……。

そんなことを思いながらそのまま眠りに落ちた。

黄のライバルキャラ（二）

「夕美、待って、夕美～」

後ろから聞こえてくる声に振り返り、ああ、夢だなとぼんやりと思った。

泣きながら転けそうになりながらも必死にこっちに駆けてくるのは小さい時の智だ。

夢と分かっていても、そんな智を放っておけず、手を伸ばす。

「はいはい、どうしたの、智？」

お母さんの言葉を真似て、頭を撫でてあげるとふにゃりと笑って抱きついてくる。

鼻水や涙で服がぐちゃぐちゃになるし、重くて辛い。

ああ、もう、本当に面倒くさいし、世話が焼ける。

そんなことを思って苦笑する。

そう、智は昔っから、本当に面倒で手間がかかった。

人見知りで、運動神経は良いはずなのに、何故か要領が悪くて。

よく半泣きになっては、夕美、夕美と言って泣きついてくるのを慰めるのは小さい頃の私の記憶の大半を占めていると言っても過言ではない。

そもそも、親同士の仲が大変に良く毎日のように会い、時には一緒にお風呂に入ったり、お泊まりもよくあったせいで本当に小さい頃は智のことを本当の弟だと思っていたくらいだ。

幼稚園に入った時には慣れない環境と知らない沢山の子達に本当に怯えきり、私に抱きついて離れなかったのは今でもよく覚えている。

初めて見るお遊具で遊びたいのにとむくれると行っちゃやだと更に泣かれたのだ。

当時から顔は並外れて良かった智は女の子から大人気だったが、人見知りを発揮して女の子達を冷たく追い払い、そして、怖かったと私の所に駆けてくる。

そのせいで、幼稚園では女の子達から総スカンを食らい、泣きながら咲姉に訴えた。そうしたら、にっこり笑った後、智をズルズルと引きずっていき、女の子に冷たすぎる対応をしないように教育してくれた。

まだ小学生だったのに大変頼りになると咲姉が憧れの対象になったのも良い思い出だ。

そのおかげで女の子達にも普通に対応するようになり、これで大丈夫かなと思ったのにやっぱり私の所に駆けてきて。

しょうがないなと結局ずっと一緒に居てあげた。

そんな関係がちょっとずつ変わり始めたのは小学生の時だ。

智はずっと変わらず人見知りで泣き虫だったけど、女の子達が段々と恋愛に興味を持ち始めて私への敵意が大きくなりだしたのだ。

智には見つからないようにだが、聞こえよがしに悪口を言われたり、物を隠されたりと嫌がらせを受けるようになったのだ。

最初のうちはショックを受けていたが、普通に仲良くしてくれる子達も居て、段々と気にすることを止めて、智には隠していつものように接してた。

普通、こんなことになったら智のせいだと怒って、距離を取ってもおかしくないと思う。

だけど、智はずっと優しくて、一緒にいると楽しいままだったから。

まあ、気にさせる程じゃないかと思ったのである。

そのままずっと隠してて、バレたのは中学生の時、智のファンだと言う女子グループに絡まれていたのを見られたのだ。

その頃には恥ずかしいからと外では泣かないようになってたのに、泣きそうな顔で私を見て、そのまま立ち去った。

それ以来、外では絶対自分から私に話しかけたりしなくなって、家ではコッソリとしているつもりだったのだろう奇行の数々が共有されるようになった。

あまりの残念さにぐったりとしてしまったが、それに対して、私は何にも言えなかった。

だって、その行動は全部私を気遣ってのものだから。

自分が私に迷惑かけてたと必死で今までの自分を直そうと努力している姿を見て、嫌がらせをずっと黙ってた私が何か言える訳がなかったのだ。

友達作りとしては全然上手くいってなかったが、私に話しかけなくなったおかげで嫌がらせは激減して、ついでに男の子からの告白は増えたのはちょっとびっくりした。

だけど、本当だったら喜んで良いはずのそれが何故だか全然嬉しくなくって、告白は全部断った。

高校生になる時もそう。

智と私の親が通ってたという学園への入学を期待されてたし、学力は問題無いから二人ともその学校。

学校が変わったらまた戻るのかなとこっそり思ってたけど、全然そんな素振りは無く。

ずーっと真面目だったくせに、髪を染めて、ファッションを変えて、口調を変えて。

全然違う人みたいになって、そして外ではやっぱり声もかけない。

最初に仲良くなった篠山君がコミュ力が高かったからか、中学ではあんなに苦労していたのにすぐに友達ができて学校になじんだ。

勿論私も友達ができて学校は楽しかった。

だけど、やっぱり、どうしようもなく寂しかった。

ずっと、私に頼ってばっかりだった幼なじみが、私から離れて成長するって決めて努力した。

本当だったら嬉しく思わなきゃいけないはずなのに、面倒くさいって言いながらもずっと一緒にいたから、側にいないのが寂しい。

だけど、智が頑張ってた得たものなんだから、喜ばなきゃ。

智が友達を家に呼ぶって言った時、私も幼なじみ離れをする決心をした。

それなのに……。


ふと、目が覚めた。

何だか変な夢を見た。さっきの桃の言葉のせいだろう。

起き上がって伸びをすると、近くのソファに座ってた智と目が合った。

なんと言うか実にタイムリーだなと思う。

「ごめん、起こした？」

「いや、大丈夫。今寝すぎると夜眠れなくなるし。今日、夕飯、ウチなの？」

「そう。母さん達仕事で急遽海外出張。夕美にもお土産買ってくるから楽しみにしててだってさ」

「了解。相変わらず忙しいね、おばさんとおじさん」

外での謎にハイテンションになったりする話し方じゃない、昔からの普通の話し方。

周りに付けたあだ名は私には無く、呼ぶ時はただの夕美。

最近、すごく楽しそうに友達と遊んだ話をしてくるのを思い出して、思わずこう言った。

「ねえ、もし、私じゃなくて篠山君が幼なじみだったら、そっちの方が良かった？」

突然の質問に智が目を瞬かせる。

「なんか変な質問だね。そういう夢でも見た？」

「まあ、そんな感じね」

そんな風に返すけど、実は前からちょっと思ってたことだ。

智が友達を初めて家に呼んだ時、咲姉のフォローも兼ねて智のことを話してよろしくって言ったら、赤羽君に「よろしくされる謂れはない」ってはっきり断言された。

智が避けるなら私から話しかければいいって。

昔、同じようなことが起きて、篠山君を避けたら笑い飛ばして関係を変えずにいてくれたのが嬉しかったからとそう話してくれた。

その言葉に従って、外では私から話しかけるようになって以前程近くはないけど、外でも智と普通に話せるようになった。

それが嬉しくて、智もちょっと嬉しそうなのが分かって。

だからちょっと思ってしまった。

私じゃなくて篠山君が智の幼なじみだったらもっと上手くやれたんだろうなって。

有名な赤羽グループの一人息子と一般家庭の男の子。多分、色々言われちゃうんだろうなって想像はつく。

だけど、ずっと幼なじみ同士変わらず仲良くて、他にも友達がいっぱい。

智ともすぐに仲良くなって、智が篠山君のこと大好きな友人、もっと早く会いたかったとか言うのも一度や二度じゃない。

にっこり笑って冗談っぽくしてみるけど、本当は本音だったりするこの質問。

智は首を傾げて考え込んでいたが、ちょっと困ったような顔で口を開いた。

「うーん、それは嫌だな」

その返答のちょっと驚く。

「え、何で？　よく、もっと早く会いたかったとか言ってるのに」

「いや、それは本当に。もっと早く会えてたら、俺、ちゃんと男友達作って遊べてたんだなって思う！」

そのあんまりな真顔に思わず呆れ顔で頷く。

なんと言うか、前から思ってたけど、人たらしすぎだよね、篠山君。

「だけどさ、そしたら、夕美と幼なじみじゃ無くなっちゃうでしょ？　俺、夕美が俺の幼なじみでいてくれて本当に良かったと思ってるし」

その言葉に何故か固まった。

智は私のそんな様子には気付かず、まだしゃべり続けている。

「と言うか、むしろ、夕美は俺の幼なじみで嫌じゃなかった？　俺、頼りまくって、迷惑掛けまくってたし。本当に気付けなくて悪かったたって、俺、駄目駄目だったたと思うんだ。正直、嫌がられても全然不思議じゃないと思う……」

話しつつ見るからに凹んでいく智を見て、ぷっと小さく吹き出す。

そのまま智のほっぺたを思い切りつねった。

油断してたみたいで、そのままつねられ、慌てて私から離れる。

距離を取ってこっちを睨む目は涙目だ。

昔から、色々なものが変わったけど、その顔だけは変わっていない。

「馬鹿ね、嫌だったら、とうの昔に距離とってたわよ。私も智と幼なじみで良かったわ」

正直な話、これが何なのか全然全く分からない。

一緒にいてもドキドキすることなんて微塵も無く、だけど、楽しくてホッとする。

そして、離れていくとどうしようもなく寂しくて堪らない。

弟のように思っているのを拗らせたのか、それとも、桃の言ってるようなあの感情に近いものなのか。

本当に分からないくらいに一緒にいたのである。

仕方ない、仕方ないから。

智と私の関係はやっぱり幼なじみで良いのである。

白の攻略対象者

「あ、篠山君！」

嬉しそうな声が響いて振り返ると、図書室で大きな声を出してしまったことに慌てている桜宮さんがいました。

隣では香具山さんもそれを微笑ましそうに見守っています。

放課後、篠山と一緒に図書室に新しく入った本を見に来たのですが、同じく本好きの桜宮さんと香具山さんも同じことをしに来たようです。

「あ、桜宮と香具山さんじゃん。新刊見に来たのか？」

「うん。詩野ちゃんに誘われたんだ。お小遣いだけだと気になった本全部買うの大変だから、大きい図書室のある学校で良かった」

「あー、それは分かる。新刊、買うのは楽しいけど、金銭的余裕があんま無いから外した時のガッカリ具合がヤバいんだよな。図書室で読んで、良い感じの作家さん見つけて作家買いすんのがいいや」

「あ、それ、分かる！　えっと、篠山君、どんな作家さん好きなの？」

「んーと、最近の人だと……」

二人で話が盛り上がり始めたので、ちょっと後ろにさがって距離をとります。

見るからに顔を赤くして一生懸命に篠山に話しかける桜宮さんは本当に分かりやすく、そして何故だろうと思う程に一切気付いてない篠山は平常運転です。

他人の恋愛事をあまり気にしたことはありませんでしたが、端から見ていてこんなに楽しいものだとは思いませんでした。

多分、緩んでいるであろう表情のまま二人を見守っていると、香具山さんが同じようにちょっと距離を取って微笑ましそうに二人を見守っているのに気付きました。

隣に移動して、小さな声で話しかけます。

「微笑ましいですよね、あの二人」

「うん、そうだよね。でも、桃、本当に可愛いのに、何で篠山君は気付かないんだろう。勿体ない」

「勿体ないですか？」

「うん。だって、あんなに顔赤くして、一生懸命で、女の子って感じでしょう。すっごく可愛いじゃないですか。気付いたら、あんな子独り占めですよ。私の友達、可愛い子いっぱいで、毎日楽しいんです」

桜宮さんのことをすごく楽しそうに褒める香具山さんは友達が大好きなのが伝わってきて、本当に楽しそうに笑ってて、思わずこう言ってしまいました。

「香具山さんも可愛いですよ。それに、ハッキリした所は格好良くて、とても素敵な女の子だと思いますよ」

その瞬間、香具山さんは何を言われたのか分からないと言った顔で固まって、それから顔を赤くして飛び退くように僕から離れます。

「……白崎君、そういうこと簡単に言うのは良くないと思うんだけど」

そう言って睨んでくるその嫌そうな顔もやっぱり可愛くて、思わず笑ってしまいます。

そう言えば、香具山さんと初めて会ったのはやっぱり図書室だったなと、ふと以前のことを思い出しました。

＊＊＊

香具山さんと初めて会ったのは入学したばかりの頃でした。

体が弱くて学校は休みがち。それなのに、勉強は出来て格好良いなどと言われて女子には騒がれて。男子には、それらを理由に避けられる。

そんな感じで友人がいないまま過ごしてきた僕には一人でも時間を潰せて楽しむことが出来る読書というのはとても良い趣味でした。

この学園は図書室が大きく、新しい本も沢山入荷してくれると聞いていたので入学してすぐに見に来たのです。

入学してすぐの短縮授業の時期だったので、あまり人も居ませんでした。

どんな本があるんだろうと見てまわっていると、本棚の影に先客がいたのに気付きました。

小柄な女の子で、上の方の本を取ろうと必死に背伸びしています。

少し危なっかしくて見ていられず、後ろからその本を取りました。

驚いたように振り返ったその子に、安心させるように笑いかけて本を渡します。

「大変そうだったので、ちょっとお節介をしてしまいました。本、これですよね？」

「あ、はい。ありがとうございます」

本を受け取って、嬉しそうに笑ったその子は三つ編みの眼鏡といった感じで如何にも大人しそうな女の子で、だけど他の女子と違って僕よりも本を見て笑ったその笑顔が可愛いなと思いました。

ぺこりとお辞儀をして嬉しそうに貸し出しカウンターに向かっていくのを見て、僕も何を借りようかと本棚に目を移します。

こんな感じで出会った後も、学校に来ることが出来た時には図書室に行く僕と、よく図書室に来る香具山さんは会うことが多く。やがて、時々ちょっとしたことを話すようになり、一回倒れかけてからは体調が悪い時は心配されるようになっていきました。

その頃は本が好きな香具山さんに仲間意識を感じていましたが、恋愛感情などは全く抱いていませんでした。


入学してしばらく経った頃、席替えがあり、篠山と隣の席になりました。

篠山はクラスでも目立つ方ではありませんでしたが、誰とでも仲が良く、正直うらやましいなと思っていたので隣になって少し嬉しかったのを覚えています。

その頃は季節の変わり目でもあったことから体調が悪く、本当に休みがちでしたが、篠山は話しやすくて、意外にも本が好きで、グループ学習にも誘ってくれたおかげであっという間に友人が増えました。

近くの席になった桜宮さんも僕の好きな本の話題で話しかけてくれたおかげで、女子にグイグイと来られるのは苦手だったのですが楽しく話すことが出来ました。

クラスで仲が良い友人がいると言うのは本当に久しぶりで、毎日本当に楽しくて。

だから、ちょっとした約束でも破りたくなくて、嫌われたくなくて。

具合が悪くても、必死に学校に行っていました。

食事をしようとしても、なかなか食べる気が起きなくて、せっかく昼食に誘ってもらえても断らなくちゃいけないのが悔しくて。

頭はガンガンと痛んで、目眩がして、体はだるくて。それでも、怖いと言われてしまう無表情が出てしまわないように必死に笑顔を心がけました。

今にして思えば、向こうは僕が思う程に気にしてなくて、体調が悪くて出来ませんでした、すみませんと一言謝れば許してくれたのでしょう。

僕の友人達は皆いい人ばかりですし、そもそも約束を破ることになってしまってあの子をあんなに怒らせてしまったのは、僕らが幼くて、タイミングが悪かった。それだけのことだったのです。

それでも、あの時は毎日必死に取り繕うことを考えて、無茶ばかりしていました。

だから、あの日、図書室で倒れてしまったのは当然のことだったのでしょう。

体調が悪そうだから早く帰った方が良いと言ってくれていた香具山さん、たまたま居合わせた仲良くなったばかりの篠山。

二人に迷惑を掛けたくなくて、朦朧とする頭で必死に姿勢を立て直そうとした時でした。

状況にそぐわないほど静かな声で香具山さんに話しかけられたのは。

働かない頭で必死に返事を返していると、

「ねえ、白崎君。私、さっきから体調悪いんだったら、さっさと帰れって何回も言ってたよね。それに大丈夫だからって、無理して倒れたお馬鹿はどこの誰だと思う？　つーかな、迷惑かけたくないんだったら、大人しく保健室行って病人やってろ、これ以上心配かけるんじゃねえ、コノヤロウ」

こんな言葉をものすごくドスの効いた声で言った香具山さんに思わず思考が停止しました。

顔を上げると、笑顔なのに何故か迫力を感じさせて、だけど目は真剣に怒っていました。

今までの大人しい女の子と言う印象がガラガラと崩れたのを覚えています。

呆気に取られている内にテキパキと篠山に指示を出し、そのまま保健室に連れていかれました。

保健室でも約束を守れないなんてことを気にしていた僕に真剣に怒っていました。

約束なんてどうでも良いと、迷惑かけたとかじゃなく、体調が悪いことをちゃんと伝えて体を大事にしないことを怒っているとそんな風に怒られて。

篠山にも苦笑いで同じことを思っていると言われて。

何故かグルグルと纏まらない思考のまま、迎えに来させてしまった母さんに迷惑をかけたことを謝ると、そんなことは良い、体を大事にしてと言われました。

次の日、学校に着くと篠山が待っていて、静かな声で約束を破ったくらいで友人を止めたりしないと伝えられました。

僕に何があったのかは分かっていなくて、それでも真剣な声で告げられたその言葉に驚くほどに心が軽くなりました。

数日後、桜宮さんには体調が悪いの分かっていながら自己満足を押しつけて無理をさせたと謝られました。

おそらく、桜宮さんが篠山と僕を避けていたことから考えると、篠山が桜宮さんに何かを伝えたのでしょう。

そんなことは無いと伝えても、それでもと真剣な表情で謝られました。

今日の体調は大丈夫かと聞いたので、平気だと返すと、本当に安心したように笑って、篠山を探して飛び出していきました。

僕がただ変にこだわって、勝手に無茶して体調を崩しただけ。

それなのに、真剣に考えて心配をしてくれる人達がいるのだと分かって、本当に自分が馬鹿だったなとようやく気付くことができたのです。


自分の馬鹿さ加減に気付いた後、気になったのは香具山さんのことでした。

その後、数日間、毎日図書室に通い、ようやく見つけた香具山さんに謝りました。

変なことにこだわって、無茶をして、心配をかけたと、そう謝ると、香具山さんはにこりと笑って、

「私、白崎君のことすっごくイライラする人だなと思ってたんです」

と言いました。

あまりの言葉に固まる僕を気にすることなく、香具山さんは話し続けました。

「体調悪いのに無理して、何かをずっと気にしてるの分かるのに、何も伝えなくて。……でも、ちょっとスッキリしたみたいだよね？」

思わず頷くと香具山さんはすごく嬉しそうに笑いました。

「なら、良かった。ねえ、白崎君、もう無茶はしないように。またやったら、本気で怒るから。分かった？」

嬉しそうに笑った顔は本当に可愛くて、分かった？　と聞くその真剣な顔は少し格好良くて。

最初に思っていたような大人しい女の子ではなく、少しキツく聞こえてしまう程に物事をハッキリと言う優しくて気の強い女の子。

だけど、そんな所も格好良くて、笑顔は初めて会った時からずっと可愛いと思ってた。

そんなことに気付いてしまったら、答えは簡単です。

僕は香具山さんのことが好きになっていました。

＊＊＊

そんなことを思い出して、少し離れた所からやっぱりこちらを睨んでくる姿に苦笑します。

香具山さんはあんなにハッキリと物事を言うのにどうやら恋愛事は本当に苦手のようで、可愛いとか格好いいというだけで懐かない猫のようにこちらを威嚇してきます。

　こんな彼女も可愛いなと思うのですが、もしも桜宮さんのように分かりやすく攻めたら多分近づいてくれなくなるでしょう。

　周りにも恋愛感情だと伝えないようにして、友人として接して、段々と僕からの言葉に慣れて、逃げなくなるまでどれくらいかかるのか。

　分からないけど、桜宮さんもあんなに頑張っているのです。

　持久戦を覚悟しましょう。

「すみません。篠山の褒め言葉は結構率直なので移ったのでしょうか。だけど、友人として言わせてもらいますと、香具山さんは素敵だと思いますよ」

「と、友達としてだよね？」

「はい」

「なんか口説いてるみたいに聞こえるから、女の子にそういうことは言わない方が良いと思うよ。白崎君、格好いいし誤解されちゃう」

「あはは、ありがとうございます。気を付けますね」

　友人としてならとそろそろと近づいてきてホッとしたように笑う姿に意外と単純だなと思いつつ、そんな所も可愛いと思います。

　向こうで盛り上がっていた篠山と桜宮さんが僕たちがいないことに気付いて、あたりを見渡してこちらにやってきます。

「気付いたら居なかったからビックリしたわ」

「すみません、この本が気になって、先に移動してました」

「いや、俺らも二人で話し込んでたし」

「うん、一緒に来たのにごめんね。詩野ちゃん」

「ううん、気にしないで。桃、楽しそうだったし、邪魔しちゃ悪いかなと思っただけだから」

「あ、うん。そだね……」

赤くなって挙動不審な桜宮さんとそれを不思議そうに見る鈍い篠山の思わず香具山さんと目を合わせて笑ってしまいます。

本当に、香具山さんが言うように早く気付いて幸せになれば良いと思いますよ、篠山。

篠山達が気付かせてくれた色々なことのおかげで、僕の恋はすぐに叶わなくてもいいと思うくらい、この日常が楽しいのです。

バレンタインの悲劇の話　～黄原視点～

今日は学校中が浮わついた雰囲気になっている。

二月十四日、バレンタイン。

お菓子会社の陰謀という話を聞いたこともあるが、まあ、それは置いといて楽しいイベントではあると思う。

貰えるかどうかに関しては、一応結構貰えたりする。

嬉しいか嬉しくないかは別にして昔から女の子には結構モテるので。

姉ちゃんと夕美には当日にはいらないでしょうと最近の土日で一緒に二人で作ったという物を貰ったのはいつも通り。

夕美は友チョコやるんだと楽しそうにしていた。前は羨ましいと思っただろうが、今は違う。

そう、今はちゃんと男友達がいるのである！

そんな気分のまま教室に入り、何気なく教室を見渡して固まった。

赤っちが朝っぱらから、眉間の皺をクッキリと刻み込み、不機嫌オーラを周りに放出している。

女嫌いなのは知っていたから大丈夫かなとは薄々思っていたけど、思った以上に嫌だったらしい。

遠目から見ている時点でうわあとなっていると、赤っちの近くにいた篠やんとバッチリ目が合い、早く来いと手招きされる。

近くにいる白っちも苦笑していて、ちょっと距離を置きたいけどまあしょうがないかと教室に入る。

「おはよ～、皆。……赤っち、朝から、ヤバそうだね」

「……校門で待ち伏せ何人かいたし、それ断って、逃げてきたら下駄箱ぎっしりだったんだよな。差し出し人不明のヤツは前にヤバいの何個かあったから、忘れ物入れに放り込んできたんだけど、もうヤバそうだな。この時期は毎年、こうだぞ」

赤っちの幼なじみである篠やんが説明してくれる内容にうわあとなる。

俺もモテる方で朝から何人かに声を掛けられたけど、男でも格好いいなあと思う完璧超人な赤羽グループの一人息子だと比べものにならないほど大変らしい。

「うわあ、赤っちお疲れ～。白っちと篠やんは大丈夫だった？」

「僕も何人かに声を掛けられましたが、赤羽ほどではありませんよ」

「……俺に来る訳ないだろ。お前らと違って、フツ面なんだよ」

篠やんのその言葉にええっとなる。

嫌、絶対モテると思うんだけど、篠やん。

だって、篠やんは男女問わず親切で、メッチャ良い奴で、成績も運動神経だって良い。

俺が高校に入って楽しくやれてんのも、篠やんと友達になれたからだ。実はちょっとこんな風になりたいなと尊敬もしている。

確かに顔は地味目な感じだけど、俺のイケメン揃いの友達の中でも全然負けてないと思うのだ。

……と言うか、実際に篠やんのこと大好きな子、一人いるしね。

そんなことを思ったタイミングで、挨拶が掛けられた。

「お、おはよう、篠山君、赤羽君、白崎君、黄原君」

寒い季節なのに朝から顔を赤くして俺たちに、……いや、主に篠やんだろうなあ、に声を掛けてきたのは桜ちゃんだ。

桜ちゃんは最初はよくいるイケメン好きの女の子って感じで俺とか白っちとか赤っちに声を掛けてくる感じだったけど、篠やんを好きになってからは全然態度が違うのだ。

俺たちにはちょっとミーハーで軽い感じだったけど、篠やんには顔を赤くして、恥ずかしそうに、でも、すごく頑張ってるのが端から見てても分かって、ああ、本命なんだなって感じである。

実際、篠やんを好きになってから、すごく可愛くなったと思う。

まあ、だからと言って手を出すなんて訳は無く、微笑ましいから、ニコニコしながら二人の恋愛を眺めさせてもらうだけだけど。

皆から挨拶が返ってきた後、ちょっともじもじしていたが、何かを思い出したように鞄に手を突っ込んだ。

「あ、皆にはよく迷惑掛けちゃったから。これ、どうぞ」

そう言って、俺と白っち、赤っちに渡されたのは、一応可愛い袋にいれてあるが透けて見える中身は、俺も好きなコンビニで二十円くらいで買える駄菓子のチョコレート。

考えるまでもなく分かる。義理チョコだ。

朝からチョコを渡してくる女子にグッタリしていた赤っちでさえ、普通に受け取るような義理チョコ。

一人渡されなかった篠やんは、不思議そうに

「あれ、俺には無いの？」

と聞いているが、いや、篠やんは絶対これじゃないでしょ。これ見るからに義理じゃん。

桜ちゃんは、その言葉に顔を赤くして、

「し、篠山君のは、……その、後で渡したいから、待っててもらってもいい？」

と聞いている。

うんうん、流石に本命を教室でさらっと渡すのは恥ずかしいよね。

篠やんは首を傾げながら頷いている。

まあ、あれだけ鈍い篠やんも見るからに本命を渡されたら気付くでしょ。

あー、そのためにわざわざ、俺らにもこんな義理チョコ用意したのかも！

今日起こるであろうことを想像してニマニマしている内にチャイムが鳴って、慌てて席に着いた。

さて、放課後、昼休みにもずっとそわそわしてた桜ちゃんが意を決したように篠やんを見ている。

お、来るか、告白！

「あ、ちょっと、お前ら、いいか？」

なんて、俺らに話しかけてきている篠やんに今は無理とか言って、桜ちゃんが話しかけやすいよ

うに一人きりにしてやる。

桜ちゃんが篠やんに声を掛けて、廊下に呼び出すのを見て、こっそり後を付いていく。

赤っちにはわざわざ覗き見するのかとか呆れ顔で言われたし、白っちには微妙な顔をされたが、気になるじゃん！

つーか、結局、付いてきてる時点で同罪だし！

影から隠れて見守っていると、ずっと顔を赤くして俯いていた桜ちゃんが顔を上げた。

「し、篠山君、これ！」

そう言って、差し出すのは朝に俺らが貰ったのとは比べものにならないくらいに気合いの入ったラッピングの箱。

桜ちゃんは真っ赤になって口ごもり、しどろもどろになって口を開く。

「チョ、チョコです！」

うん、うん、照れちゃってるんだよね、分かる！

結局そんなことしか言えなくて俯いてしまったけど、……分かるよね、これは！

真っ赤な顔、恥ずかしそうな態度、そして、あの気合い入りまくりのラッピング。

見るからに告白である。

さあ、篠やんの返事は⁉

篠やんは桜ちゃんから貰ったチョコをしげしげと見つめていたが、顔を上げて口を開いた。

「桜宮、チョコ間違えてない？　これ、本命っぽいぞ」

篠やんーーーーーーー！！！？？？

何で、何で、その対応⁉　嘘でしょ⁉

端から見ていた俺らでさえ呆然となる中、篠やんは慌てたように話している。

「いや、朝に渡し間違えて余っちゃったとかなら、全然、渡しにいくし！　その、貰えるのはありがたいんだけど、こんな本命っぽいのは友達からの義理じゃ悪いだろ。ちゃんと、好きなヤツに渡した方が良いんじゃないか？」

そう言って笑った篠やんに、ずーっと、黙っていた桜ちゃんがゆらりと顔を上げた。

涙目でものすごく篠やんを睨んで叫ぶ。

「篠山君の、篠山君の、馬鹿ーーーーー‼‼」

そう言って、桜ちゃんはそのまま逃げるように立ち去っていってしまった。

運動神経そんなに良くないのに、すごく早い。

一人、ぽつんと残された篠やんがかなり困った顔で立っている。

うん、そうだね、篠やん、これは無いよ。

なんかもう呆れかえって、これは怒ってやらなきゃなあと思いながら、近づくと篠やんがホッとしたような顔でこっちを見た。

「あ、桜宮、行っちゃったんだけど、これ、そのまま、貰ってもいいのかな？」

その言葉に何かもうぐったりする。

篠やん、本当に、もう！

「いや、それは貰ってあげなきゃ可哀想でしょ！」

「え、そうなのか。……あ、そう言えば何だけどさ」

そう言って、篠やんが持ってた鞄から数個のチョコを取り出して、俺に渡した。

「これ、黄原にだってさ」

沈黙が降りた。

誰も何も言えないまま、篠やんだけが通常運転である。

「これは白崎宛で、これが貴成宛な。……貴成は嫌だろうけど、まあ、人宛の物、俺がどうにかする訳にはいかないから。一応、顔バレしてるから変な物は入ってないんじゃないか」

そう言って渡されたチョコを見て、赤っちから氷のような気配が漂ってくる。

「……これは、お前が俺らに渡せって言われたものか？」

「ん？　そうだけど」

「自分で渡す勇気が無いから、お前が渡せって言う、激しく失礼なチョコか？」

「いや、まあ、確かに失礼だけど、俺、慣れてるし。あんま気にしてないから、いいよ」

そう言って困った顔で笑う篠やんに赤っちが小さく、

「……だから、こういう女は嫌いなんだよ！」

と言っているのが聞こえた。

……あー、赤っちの女嫌いの悪化の原因ってこれもあるのか。

……じゃなくて！

白崎がちょっと震え声で言った。

「し、篠山、その、すみません。嫌だったですよね……」

「いや、別にお前らのせいじゃないし。普段はなるべく断ってるんだけど、やっぱバレンタインは押しが強いわ」

その言葉で普段から篠やんに迷惑を掛けてたっぽいことが分かり、更に凍りつく。

顔を覆って、うずくまりたい衝動を必死に耐える。

ごめん、マジでごめん。

と、言うか、篠やん、マジで鈍感だなと思ってたけど、悪化の原因ってもしかして……！

そこまで考えたところで、思わずこう言った。

「篠やん、俺、滅茶苦茶、応援することにしたよ！」

「へ？　何の話？」

篠やんは不思議そうにしているが、赤っちも白っちも深く頷いている。

いや、もう、篠やんも桜ちゃんも本当にごめん。

二人の恋路、見守るなんて言わない、必死に応援する。

だから、もう、本当にごめん！

書き下ろし番外編

ホワイトデーの話

Cho donkan mob ni
heroine ga koryaku sarete,
otome game ga hajimarimasen.
2

「……うーん、どれが良いんだ、こういうの」

少し家から離れた大型のショッピングモール。

そこのホワイトデー特設会場の棚の前で、俺は長い間考え込んでいた。

今年のバレンタインデー、俺は桜宮からチョコを貰った。

実は今までチョコを貰えなかった年はあまり無い。義理チョコをクラスのほとんど全員に配る女子は結構いて、俺はそういうのは普通に貰える方だった。あと、貴成へのチョコの橋渡しを頼むついでに俺にも義理をとかな。

なので、今までのホワイトデーでも、クラス全員への義理チョコに対しては俺もそれくらいのちょっとしたコンビニお菓子をお返しにあげたりしていた。

だから、ホワイトデーのお返しの経験が無いわけではないのだが、今年は訳が違うのだ。

今年、桜宮が俺にくれたチョコは今までのあからさまな義理チョコとは違って、実に豪華なラッピングの施された綺麗なものだった。中身は手作りであろうチョコケーキだったが、今まで桜宮が作ってきたどのお菓子よりも綺麗で、頑張った跡が窺えた。

つまり、すごく本命宛っぽかったのである。

桜宮があのチョコを俺に差し出してきた時は一瞬驚いたし浮かれそうになったが、まあ、そういうのは今までの経験上、確実に貴成宛である。今年に入ってからは、黄原や白崎、黒瀬宛の分も追加された。

それに桜宮がアイツらの誰かを好きなことは知っている。だから、あれは絶対俺以外の誰か宛の物だと思ったのだ。それが俺に手渡されている理由は、誰かに渡して欲しいのか、勇気が出せなくて渡せなかったチョコを友人に渡して処分といったところだろう。

あのカウンセラールームで桜宮の本気の想いを聞いた身としては、自分で渡して告白の方が絶対良いと思った。

だから、あえて遠回しに俺に渡すのを反対して、本命の誰かに渡すように伝えてみたのだが……。

『篠山君の、篠山君の、馬鹿――――――――!!!!』

何故かそう叫んで、逃げられてしまったのだ。それも今にも泣きそうな涙目で。

その結果、あの本命チョコは俺の物になってしまった。

きっと、俺が言った言葉のどこかが桜宮を傷付けてしまったのだろう。前世の妹に対してもそうだったが、俺は時々思いっきり対応を間違える。

だから、折角の本命チョコを貰ってしまった側として、謝罪も込めてしっかりお返しをしなければと思ったのだが。

ホワイトデー特設コーナーに並んでいるのは、お菓子に限定しても、本当にお高そうな高級スイーツから、コンビニでも売っていそうなちょっとした物まで様々だ。ハンカチなどのちょっとした小物も数多く並んでいる。

ぶっちゃけ、どういうのを渡したら良いのか全然分からない。

あの気合いと努力を考えると、結構お高い物をお返しにした方が良いのかなと思ったが。

俺と桜宮の関係は、よく喋るクラスメートで、多分友人と言って良いのかなくらいだ。

そんなヤツから、あまりにも気合いの入ったお返しはキモい気がする。既に泣かせてるしな。

かと言って、あまりにちょっとした物というのも、駄目な気がする。絶対に貰ったものに釣り合わない。

じゃあ、小物にするかと言っても、消え物じゃない物はかなりセンスが試される。

俺に女子向けの小物を選ぶセンスは皆無だ。攻略対象者達じゃないんだ、女子が喜ぶものなんて自然に選べたら、俺だってちょっとはモテていただろう。

……うん、堂々巡りだ。マジで難しい。

ため息を吐いて、何巡目かになる特設コーナー巡りを再開しようとした時、後ろから声を掛けられた。

「お、やっぱり篠山じゃんか。久しぶりじゃね」

懐かしい声に振り返ると、案の定中学の時の同級生がいた。

「おー、久しぶり。それにしても家割と近いのに会わないもんだな」

「それな。ここ家からちょっと遠いのに、久々の再会がここととかウケるわ。……それにしても篠山、彼女できたよな?」

ニヤーとそれはそれは楽しそうな笑顔で聞かれてげんなりする。

「できてねえよ、残念ながらな！」

「え、嘘だあ！　家の近くにもそれなりに店あんのに、わざわざ遠くのショッピングモールまで来て、ホワイトデー特設コーナーでずっと悩んでるとか絶対彼女へのお返しだろ！　それか、ガチな片思い相手！」

「どっちも違えよ」

「隠さなくって良いって。俺も彼女出来たし。やっぱ、家の近くだと知り合いに見られそうで恥ずかしいよな。分かる分かる」

うん、こいつの人の話聞かない所、久しぶりに会うけど変わってないわ。

「マジで違うって。……女友達、対応ミスって泣かせちゃったから、お詫びになんか渡そうと思っただけ」

「え、お前が？　女子泣かせたの？　……それは、また、何やらかした訳？」

驚いた顔でそう言われ、しっかりとした原因が分かっていない気まずさからそっと目を逸らし、おそらくそうだろうなと思った内容を答える。

「……バレンタインの時に、本命に渡せなかったらしいチョコを俺に渡してきた子がいて。頑張って、自分で渡してきたらどうだって言ったら泣かせた」

「……あー、なるほどー。それはどっちにしても無神経だったかもな」

「だよな。……ん？　どっちにしてもって、どういう意味だ？」

「いや、詳しい事情も本人も知らないから、下手なことは言えないわ。……篠山ってさ、その子のことどう思ってんの？」

「は？　いきなり何だ、その質問」

「いいから、言えって！　お返し考えるの手伝ってやるからさ！」

質問をした時のやけに楽しそうな顔が気になるものの、まあ、手伝ってもらえるならと質問に関して考え出す。

桜宮のこと、どう思ってるか、だよな。

最初はミーハーな女子だと思ってたし、ヒロインってあの子だよなって言うのもあって、こっちもちょっと先入観があったと思う。

だけど、接する機会が増えて、よく話すようになってみると、ちょっと印象が変わった。

自分が悪かったことに気付いたら、しっかり反省して相手に謝れるのは、素直に良い子だなと思う。あと、友達大好きで、大事にしてる所も。

調子に乗りやすくて、おっちょこちょいな所もあるけど、基本一生懸命で努力家だ。

それに、元々かなり可愛い方だと思うけど、笑った顔は特に可愛い……ん？

自分の思考が思わぬ所に行って、内心ちょっとびっくりする。

最初からヒロインなだけあって美少女だなと思ってたし、変なことじゃないんだけど。改めて、俺、桜宮のこと可愛いって思ってるんだと思うと、ちょっと照れくさいものがあるな。

まあ、他に好きなヤツがいるの知ってるし、それが何って訳じゃないんだけど。

「……一生懸命で努力家だし、友達も大事にする普通に良い子だと思うぞ」

「へぇー！　ちなみに可愛い?!」

その言葉にさっきの自分の思考を思い出して、一瞬むせそうになるが、普通に答える。

「普通に可愛い方だと思うぞ」

「へぇー！」

やたらと楽しそうな様子に、どうやら俺が片思いしてるとかの勘違いがまだ続いてるのが分かり、うんざりしながら口を開く。

「言っとくけど、その子、好きなヤツいるし、俺の片思いとかも全く違うからな」

「うんうん、分かってる分かってる。それで、お返しだけど、この辺はどうだ？」

ニヤニヤしてる姿に不安を覚えながらも、そいつの示したコーナーに移動する。

そこは華やかな色のマカロンのセットが集められたコーナーだった。

「マカロンなら見た目も可愛いし、高いヤツなら味も結構良いし。俺の彼女もホワイトデーのお返しはマカロンが嬉しいって言ってたぞ。まあ、俺はキャンディでも良いかなと思うけど、それはちょっと早いみたいだし」

思いの外、普通のアドバイスにショーケースを覗き込む。

何度かこの辺も見たけど、女子的にも嬉しいっていうなら、良いかもな。

味も色々あるんだよな。うーん、この大きい箱だと、色々入ってて良いかな。いや、あまりに大きいのだとそれはそれで重そうに見えるか。……あ。

ショーケースの端っこ。さっきは気付かなかった桜味のピンクのマカロンを見つけた。

あいつ、桜とか好きそうだよな。髪飾りも桜と桃の花なんだって前に言ってたし。桜餅も好きだって言ってたから味も好きかな。

淡いピンクのマカロンが、白地に濃いピンクの桜の花びらがプリントされた箱に収められているセットを見つめる。

……うん、なんか、桜宮っぽいし、これが良いかな。

ショーケースの下に積まれた箱を取り、振り返ってお礼を言う。

「これにするわ。アドバイス、ありがとな」

「良いって、良いって。頑張れよ！」

「だから、違うっての！」

そんなことを言って、ギャーギャー騒ぎながら、そのマカロンを購入した。

それから、少し経ったホワイトデー当日。

いつ渡したものかと朝から考えていた俺は、昼休み、桜宮が珍しく一人でいたのを見て、慌てて声を掛けた。

「桜宮！」

「はい!?」

驚いたような顔で、振り返った桜宮に声の掛け方ミスったなと思いながら、口を開く。

「驚かせて、すまん。今日、ホワイトデーだから、これお返し。バレンタインのチョコケーキ、俺が貰って良かったのか悩むくらいに美味しかった。ありがとな。甘いもんだから、今日のデザートにでも食べてくれ」

そう言って差し出した紙袋を、桜宮は驚いたように固まって見つめていた。

数秒経った所で、思わず声を掛ける。

「桜宮？　その、……何かあったか？」

「え、いや、全然！　その、あ、ありがとう……」

そう言って紙袋を受け取った桜宮は、どこか落ち着かなさそうにそわそわしながら紙袋を見つめている。

「あ、気になるなら、今開けて、中見て良いぞ」

「え、あ、うん。そうするね」

すごく丁寧に丁寧に、箱に貼られたシールを剥がし、固定されていたリボンを解いた桜宮は箱の中身を見て、ポツリと呟いた。

「……マカロン？」

「ああ。桜味のマカロン。桜宮、桜好きそうだったから、それにしたんだけど……ひょっとして苦手だったか？」

「ううん！　大好きだよ、ありがとう！　えっと、その。……篠山君は、ホワイトデーにマカロンを送る意味って知ってる？」

何故か真っ赤になりながらのその質問は、正直言って全く心当たりが無かった。

「え、意味？　何かあんのか？」

「あ、いやいや、良いの！　気にしないで！　ただの俗説みたいな物だから！　……バレンタインチョコ美味しいって言ってくれて、ありがとう。お返し、大事に食べるね」

まだどこか頬を赤くした顔で嬉しそうにお礼を言うと、桜宮はお弁当を掴んでどこかに走っていった。

それをどこか釈然としないまま見送っていると、後ろから急に体重を掛けられた。

「なんか楽しそうなことしてるね、篠や～ん！」

「重い、黄原、どけ」

「対応が冷たい～!!　まあ、いいや、お昼食べようよ!!」

「はいはい」

今日はいつもの二割増しにテンションの高い黄原をあしらって、いつもメンバーの所に行く。

「お帰りなさい。ふふ、お返し、喜んで貰えて良かったですね」

にこにこ微笑む白崎にああ、コイツらも見てたんだなと思いながら、口を開く。

「まあ、ちゃんとしたの貰ったしな。お前等は結構貰ってたけど、どうした訳？」

「俺は直接貰った子の分は用意したよ～。お昼食べ終わったら、配りに行く」

「黄原と同じくと言ったところですね。赤羽は……」

「直接の分はほぼ断ってるし、こっそり入ってたヤツとかは異物混入が怖くて処分してる。だから、この前迷惑かけたの含めて、月待に渡すくらいだ」

「なるほど。……バレンタイン、受け取ったのもあったんですね。気付きませんでした」

「放課後に会った時にな。月待は付き合いも結構長いし、ちゃんと良いヤツなの知ってるから、断ったりしないぞ」

「へー。まあ、赤っちが、ファンクラブ許容するくらいの付き合いがあるんだもんね。夕美の友達らしいし、良い子なのは間違いないかあ」

そんなことを話しつつ、弁当を食べていたが、不意に黄原がまたテンション高く口を開く。

「で！　篠やんは桜ちゃんに何渡したの⁉　すっごい嬉しそうなの遠目にも分かったし！」

「桜味のマカロン……なんだけど、ホワイトデーにマカロンを渡す意味って何かあるのか？」

その質問に、貴成はため息を吐いて呆れた顔。黄原と白崎は顔を見合わせて、微妙な表情だ。

「あー、なるほど。知らなかったけど、お返しはそれかあ」

「桜宮が嬉しそうな訳ですね」

「ちょっと待って、何？　知ってるなら教えろ！」

「……父さんが以前にお返しを選ぶ時に言ってたんだが、ホワイトデーのお返しには渡すお菓子の種類に意味があってな。マシュマロなら『あなたが嫌い』、クッキーなら『あなたは友達』、マカロンなら『あなたは特別な人です』だ」

「へ？」

マカロンに込められた思いもよらない意味に間抜けな声が出た。

「まあ、大事な友人や同僚にも渡すこともあるみたいなので、直接的な告白という訳ではないみたいですけど。なので、そこまで気にする必要はないと思いますよ」

「ねー。キャンディなら『あなたが好きです』で告白だっけ。ホワイトデーの時のお返し、その辺の意味とか結構気を付けるもんね。俺、大体、クッキー返すよー」

「僕は和菓子ですね」

「あ、意味が一切ないヤツだ」

そんな会話が頭をすり抜けていく。

思わず頭を抱えた。顔がちょっと赤いような気がする。

「あっの野郎……！」

道理でやたらと楽しそうだった訳だよ！

つーか、キャンディとか尚駄目じゃん！

そんなことでグルグルとする頭の中でも一番に主張するのはやはりあのフレーズだ。

『あなたは特別な人です』

俺みたいな普通な地味顔モブが言う機会なんて、なかなか回ってこないだろう気障《きざ》な言い回し。

かなりの破壊力がある台詞だ。

……桜宮、明らかに知ってそうだったな、意味。まあ、友人にも渡せる物ではあるみたいだけど。

だけど、全く嫌そうではなく、嬉しそうに受け取った様子を思い出す。

俺の無神経で泣かせてしまった訳だけど。あれを一切嫌がられないってことは。

「……まあ、嫌われてはないみたいだな」

思わずそんなことを呟いて、ちょっとだけ安心してしまうのを振り払うように、食べかけで放置していた弁当を頬張った。

あとがき

今回も手にとってくださって、ありがとうございます。

思ったよりも早く二巻が出たので、お久しぶりでもないですね。


二巻の内容までで、タイトルを回収し、一巻のプロローグの状況に持って行けました。

ここまでで一年生編なのですが、私の中で主人公による無差別攻略無双編と呼んでいます。

主人公の鈍感な言動、ヒロインが可哀想すぎるって読者様に怒られないかなと心配しながら書いたら、楽しいのでもっとやってくださいという感想を沢山頂き、とても印象に残っています。特にバレンタインの話、コメント欄がお祭りでした。

皆様のヒロインに対する可愛がり方はともかくとして、それが楽しいと言ってくださった皆様のおかげでこうして二巻も出すことが出来ました。

本当にありがとうございます。


そして、今回も可愛すぎるイラストを沢山描いてくださった、亜尾あぐ様もありがとうございます。

ヒロインの半泣き顔が最高に可愛かったです。

そして、今回も、この本に関わった方と、読んでくださった方、全ての方に心からお礼を申し上げます。

どうか、またお会いする機会がありますように。

巻末おまけ

コミカライズ　第一話

漫画：久松ゆのみ

原作：かずは　キャラクター原案：亜尾あぐ

Cho donkan mob ni
heroine ga koryaku sarete,
otome game ga hajimarimasen.
2

失礼します
生徒会室
あれ？紫田《しだ》先生に黒っちもいるじゃん
どうしたの？
桜宮《さくらみや》が大荷物だったから手伝ってたんだよ
あと追加書類を渡しにな
うわっ マジですか
ぺら

……んじゃ 渡し終わったし 帰るぞ
ドサッ
くんっ
せっかく来たなら 手伝ってけよ
ぺらっ
修羅場 なんだよ
嫌そうな顔 しているけど 黒瀬《コイツ》は頼めば やってくれる
ぐぬぬ…
だって本当は
俺じゃなくて 黒瀬《コイツ》が生徒会庶務に なるはずだったん だから!
そうだよ 一緒に手伝い しようよ黒瀬《くろせ》くん
そして

彼女は『桜宮 桃《もも》』
みんな大変そうなんだから
ね？
この世界の【ヒロイン】だ

突然だが俺
『篠山正彦《しのやままさひこ》』には
前世の記憶がある
…うんわかる
こんなこと言い出すヤツ
すっげぇ痛いけど
中二病じゃない
俺にある記憶は
異世界とか勇者とか
やってたっていう
さむいものではなく
普通の
男子高校生
ただウチ
貧乏だったから
勉強は頑張ってた
国立大学に
奨学金付きで
無事合格して
あとちょっとで
高校卒業って
ところで交通事故
人生終了
まあそれは
置いといて

今日は入学式
金持ちが通うような中高一貫の超名門校
乙女ゲームの舞台の高校ですとも
ええ！
ふょ…
正彦？教室行くぞ
赤羽《あかば》 貴成《たかなり》
国内でも有数の大グループの御曹司
そもそも前世を思い出したのは幼稚園の時にコイツのフルネームを漢字で見たからだ

『赤羽貴成』って字にあれ？なんかどっかで見たことあるなぁと思ったその瞬間
前世の記憶が一気に戻った
まあ情報量多すぎて周りに迷惑かけたけど
赤羽貴成
その時
た…『貴成』？
ぐすっ
「あれ？コイツひょっとして妹の大好きだった乙女ゲームの攻略対象者？」
って思ったけど
ぺと…
まさひこ！まさひこぉ!!
がくっ
ぶくぶく
だらん
そのまま高校まで一緒に進学

でも乙女ゲーなんて俺には関係ないと思ってたんだよな
俺普通の地味な一般人だし幼馴染みたいな顔面偏差値も万能チートもない
でもチート過ぎて学校で孤立しがちだった貴成の頼みで同じ学校を受験した
二学期期末テスト
ぽつん…
ぽつん…
あ…あう
…俺が居ない時の貴成のぼっちの極めっぷりを思ったら断れませんでした!
前世で勉強頑張ったからなんとか…
一般家庭の俺でも金持ち学校に通える特待生の枠を勝ち取って
奨学金返金無用が無ければさすがに断ってた!
前世みたくビンボーじゃないけど一般家庭だし!
デジャビュ!!
そんで話を入学式に戻すけど
帰りてぇ!

友人が女の子と少女漫画ばりのキラキラストーリー繰り広げるのを
俺は見たくない
サラ…
だって幼馴染なんだよ？
めちゃくちゃ身分差あるのに家族ごと仲良くてぶっちゃけ身内枠なんだよ
まさひこー
もうだいじょうぶだから
そいつが女の子をキラキラ気障な台詞で口説く……
いたたまれないキツい!!
俺は高校生活を楽しく普通に過ごしたいんだよ！
ヅえっ
ヅっ
ヅっ
…正彦さっきから何百面相しているんだ？
ちょっと人の記憶力の限界に挑戦している
…そうか
前世の妹が語っていたキャラの『色』やイメージとかは覚えているけど
ストーリーはもうさっぱりわかんない

1－7
入学おめでとう
担任の
成瀬深隼《なるせみはや》です
そして
こっちが…
副担任の
紫田洋介《ようすけ》です
1年間よろしく
お願いします
紫田洋介
ホストとか
やってそうな感じ
紫田…
名前に『色』が
入っていると
言うことは
攻略対象者
だろうな
クラス名簿見て
マジかと思ったけど
先生もか……
じゃあまず自己紹介
してもらいましょうか
赤羽くん
から

せめて
ヒロインだけでも
回避しなければ…
赤羽 貴成
です…
桜宮 桃
外部入学です
1年間よろしく
お願いします

桜!?
桃《ピンク》!?
桜宮 桃
趣味は読書の美少女
うん…
思い出した
妹の乙女ゲーの
パッケージに
載ってたヒロイン
そのままだね
ヒロイン同じ
クラスかい!!

ああ前世の
妹よ
お前の話を
聞き流しまくって
悪かった
兄は今どうしたら
いいのか
わかんねーよ
むぅ～ん
帰るぞ
正彦
お…おう

赤羽くんと……
篠山くん？だよね
うわっ
さっきも
言ったけど
私
桜宮桃
よろしくね
…よろしく
イラ…
女嫌いだろうけど
ちっとはマシな
対応しろや！
ビッ

こちらこそよろし…
赤羽くんって外部入学だよね
俺は軽くスルーかよ
チッ
…そうだけど
中学校の女子達と同じ反応だな
にしても…
じゃあ私と一緒だね
貴成の機嫌がどん底なんだけど!
顔が非常にこわい!!

なんで気づかないんだヒロイン！
俺も外部だよ～
黄原《きはら》 智之《ともゆき》よろしくね☆
あ……よろしく
黄原 智之
チャラ男だけどイケメン

ナイスチャラ男
じゃぁ帰るから！桜宮さんまた明日!!
ぐいっ
えっ？あっ待っ……
ぼすっ

疲れた・・・
初日から
がっつり
ヒロインが
絡んできた
でもあの
チャラ男
いいタイミングで
話しかけてきて
くれたけど
黄原 智之
チャラ男
きゅるん
てへっ
ばっちり名前に
色が入ってるから
攻略対象者ですね
コンチキショウ
黄色
でも今日にかぎり
チャラチャラした
その態度に
感謝しよう
うん?

ファイルがない!?
明日提出の書類も入っているのに!!
帰り際パニクッてたから鞄に入れるの忘れたんだ
……取って来るか
自転車なら学校まで10分だし
近さ・施設・学力レベル
乙女ゲームの舞台と言うことを除けば最高な学校なのに！

何も知らずに入学したかった
いやその状態でいきなり貴成たちにいちゃいちゃされてもキツいが
ぴたっ
ん？

おはよう！

……
……
ぎぎぎ
すたすた
すっ
そっ

じゃあ！
ダッ
ごめん！
スルーやめて
スルーやめて!!
やーめーてー
離せこの
チャラ男！
……
しく
しく
えっと
黄原だっけ？
何やってんの
お前
ぐしっ

…挨拶の練習かな？
あはっ
いや意味わかんねぇんだけどなんでそんなことこんなところでしてるわけ？
びくっ
それは…その…
もじっ
もじっ
男……と……も
なんて言った？
だから……

男友達
ほしいんだよ!!
あ゛あっ
……は？
昔から男友達全然いたことないんだって！
いつも女の子に囲まれてずるいとか言われて遠巻きにされんの
だから俺っ！男友達がほしいの!!
…女の子と上手くやってるならいいじゃん

高校こそは体育でぼっちになるのを避けたかったんだよ
ぽつん…
あ……うん なんかごめん
いやぁあっ
女の子はかわいいし近づいてくれるのは嬉しいんだけど
周りの目線が痛いんだよ
邪険にすると泣かれるし
優しくすると男子に敵視されるし
受けとってもらえなかった
しくしく
…なんだろうすごく贅沢な悩みなのに
同情しか湧いてこないのは
貴成と少し似た状況だからかな

アイツと違って女子が苦手とかはないみたいだけど
だから高校こそはイメチェンもして男友達を作りたかったのに
そうそうにドン引かれて…
それがさっきの謎あいさつなのか
おう！そうだよ悪いか!!
男友達ほしいのになんでそんなチャラついた女モテファッションなんだよ！
それになんで学校で残ってあいさつ練習なんてやってんの？
家だと姉貴に見つかった時気まずい
なんだろうこのチャラ男…いや黄原
ヒュゥッ
攻略対象者のイメージが入学1日目にして崩れたぞ

なんだこのイケメンなのに全身に漂う残念感は！
あ…あれはヒロインじゃなくて俺らに話しかけたかったのか！
わかりづらっ!!
さっきも篠山たちに話しかけようとしたら速攻帰るし
とりあえず携帯出して
へ？

ほい
ピピッ
友達1号ってことで
ニッ
お友達に追加しました！
篠山 正彦
投稿
写真・動画
……
ぽん
お前しゃべったらおもしろいしさ
普通に話しかければいいと思うぞ

お友達に
追加しました！
篠山
じい〜ん

ぎゅう♥
サンキュー篠やん！
びくっ
ぎゃー！！
唐突な抱きつきと『篠やん』呼びでイラっときて手が出た俺は悪くないはずだ
ゴッ
痛だっ!!
男に抱きつかれる趣味はないんだよ俺は!!

超鈍感モブにヒロインが攻略されて、乙女ゲームが始まりません2

2021年3月1日　第1刷発行

著　者　かずは

発行者　本田武市

発行所　TOブックス
〒150-0002
東京都渋谷区渋谷三丁目1番1号　PMO渋谷Ⅱ　11階
TEL 0120-933-772（営業フリーダイヤル）
FAX 050-3156-0508

印刷・製本　中央精版印刷株式会社

ISBN978-4-86699-118-4